www.tredition.de

AF178876

Steffen Unger

Lesebuch

für Große und noch nicht Große

www.tredition.de

© 2016 Steffen Unger

Verlag: tredition GmbH, Hamburg

ISBN
Paperback: 978-3-7345-7956-1
e-Book: 978-3-7345-7958-5

Printed in Germany

Titelbild: Dianne Hope, unter Morguefile-Lizenz

https://morguefile.com/license

Vorwort

Ich erinnere mich sehr gut, wie interessant es uns Kindern immer erschien, wenn unsere Eltern am Nachmittag oder Abend dasaßen und lasen. Meist dauerte es nicht sehr lange, bis eins von uns vier Geschwistern näher schlich und fragte, worum es denn in dem Buch ginge, das, wie uns meist erklärt wurde, „nur für große Leute" sei.

Irgendwann kam mir die Idee, das zu ändern. Warum sollte es nicht ein Buch für Erwachsene geben, in dem es ebenso auch Geschichten für Kinder gab? Das fand ich recht begeisternd, denn es böte die Möglichkeit, den fragenden Kindern einfach einen Text vorzulesen, der ihrem Alter und Verständnis entspräche.

Und hier ist es nun, lange nach meiner Kindheit, das „Lesebuch für Groß und Klein".

November 2016,

Steffen Unger.

Teil 1

Für Erwachsene

Wahre Größe

Mit unglaublichem Getöse kam ein tiefergelegter BMW daher gep400escht, schob krachend ein Radpaar auf den Bürgersteig und verstummte. Zwei Autotüren wummerten. Einige Sekunden später schwang der Glasflügel am Eingang auf, als sei ein Dreißigtonner dagegen geprallt. Die Scheiben klirrten leise.

Annekatrin, die Auszubildende des Centers, schaute kurz auf und erblickte Sven, den „Helden der Vierzentner-Hantel", wie sie ihn bei sich nannte. Sie lächelte ihn freundlich an und stellte die IsoMix-Flasche beiseite, um dem Neuankömmling seinen Schlüssel zu holen.

Das Telefon klingelte. Sie nahm ab und klemmte sich das Mobilteil zwischen Kinn und Schulter, während sie Svens Mitgliedskarte entgegennahm. Dann ging sie zum PC, setzte sich davor und suchte nach den Daten, die Carsten, der Anrufer - und ihr Chef, benötigte.

Am Tresen murmelte Sven irgendetwas vor sich hin und blieb, spreizbeinig, mit verschränkten

Armen stehen. Das war, speziell von ihm vorgeführt, nicht unbedingt eine besonders vorteilhafte Haltung, denn mit 1.65m Körpergröße und Oberarmen, die man bei flüchtigem Hinsehen für Oberschenkel halten konnte, wirkte der junge Mann nun eher quadratisch.

Als Annekatrins Aufmerksamkeit ihm versagt blieb, begann er, verschiedene Muskelgruppen spielen zu lassen. Brustmuskeln hüpften, Bizeps tanzten, Trizeps beulten sich aus, winde sich eine Schlange durch das Bein seiner Marken-Fitnessklamotten (mit der Profi - Schweißabführungsfaser „Prenorbital"). Aus Richtung der Laufbänder erklang ein Kichern.

Er fuhr herum und sein Blick fiel auf Elke, wo er sich verhakte – nein – festsaugte.

Sofort war der Ärger über die Warterei vergessen. Sie war eine Göttin, ein himmlisches Geschöpf! Mehr gab es dazu nicht zu sagen – und mehr dachte er auch im Moment nicht. Er setzte sein „Mister Universum"-Lächeln auf und schlenderte hinüber. Annekatrin am Rechner rief ihm zu: „Bin gleich da, Sekunde noch."

„Schon lange hier?", fragte er zu der schlanken Frau hinauf, als er ihr die Pranke reichte und ihren energischen Händedruck genoss.

„Halbe Stunde." Die an den Laufrhythmus angepasste Atmung machte die Antworten knapp.

„Ich leg dann auch mal los."

Er ging zum Umkleideraum, aber nicht, ohne am Tresen noch kurz zu stoppen und zu schnarren:

„Wenn ich rauskomme ist das 'LCplus' fertig, klar?"

Annekatrin nickte und platzierte den Hörer in der Ladestation.

In Windeseile verwandelte sich Sven, der Ritter der Haupt- und Nebenstraßen, in Sven, den Stolz des Fitnesscenters. Als er die Umkleide verließ, war sofort klar, dass sein Fatburner-Musclebuilder-Mix auch jetzt nicht bereitstehen würde, denn mittlerweile hatte die Anreise der Tae-Bo Truppe begonnen, so dass Annekatrin mit der Ausgabe der Schlüssel und der Annahme der Karten vollauf beschäftigt war. Sie sah ihn kommen und zuckte hilflos die Schultern.

Sven platzte.

„Sag mal, Kleine", krächzte er, „du willst wohl rausfliegen?" „Ich komme gleich", versuchte das Mädchen, ihn zu beruhigen.

„Ich habe meinen Drink vor fünf Minuten bestellt. Da kann man ja erwarten, dass der jetzt fertig ist – oder? Ich werde mich bei Carsten beschweren, schließlich bin ich hier Stammkunde und habe jede Menge Leute her gelotst."

Sein Zorn stachelte ihn immer mehr an.

„Wenn du schon nach nichts aussiehst und Dich nur mit Schließmuskel-Unterstützung fortbewegst, dann vergraule mit Deiner Lahmarschigkeit nicht noch die Leute, von denen die Bude hier lebt!" Nur einen Moment lang flackerte das Lächeln im Gesicht der Beschimpften, dann war es wieder so freundlich wie vorher. Sie hängte die letzte Karte an ihren Haken und bereitete ihm – zügig, doch ohne Hast – sein Getränk. Er pflanzte sich auf den Barhocker in der Ecke des Laufbänderbereiches und leerte den Becher in tiefen Zügen. Jetzt war er bereit, alles zu geben.

Elke stieg eben vom Band und trocknete sich den Nacken, während sie zu ihm herantrat.

Sie legte ihm sanft die Hand auf den Bein-Arm und sagte, mit dem typischen und unwiderstehlichen Schmeicheln in der Stimme:

„Hast du Dich wieder beruhigt? Hat doch keinen Sinn, sich so aufzuregen. Sie lernt es schon noch. Ich nehme erst einmal einen Proteinshake."

Nun begann Svens Programm. Situps, Pushups, Rolls, Bends, Curls, Hanteln links, die Kettenmaschine, dann tauchte er in den Kraftkeller ab, den Carsten extra für die Hardcore-Stemmer eingerichtet hatte. Vier Sätze „lückenlos 50-150" absolvierte er, der Meister aller Klassen. Für den Schlaffi, der sich auf der Bank neben ihm mit 80 Kilogramm abmühte, hatte er nur ein abschätziges Grinsen übrig und ein: „Fang lieber mit den Gymnastik-Knöllchen an, ehe du ans Eisen greifst."

Als er sein Pensum geschafft hatte und schweißtriefend wieder nach oben stieg, stand Elke an der Treppe.

„Könntest du mich heute mal nach Hause fahren?", kam sie gleich auf den Punkt.

Er dachte, er müsse einen Luftsprung wagen.

„Klar, kein Problem. Aber ich gehe immer erst noch was essen, nach dem Training. Weißt ja, Masse auffüllen."

„Ich würde Dich einladen", ertönte der zweite Glockenton aus Elkes Kehle. Das Elysium wartete...

Wenig später trat ein aufgestylter, frisch duftender Sven aus der Umkleide, legte seinen Schlüssel auf dem Tresen ab, ohne Annekatrin eines Blickes zu würdigen. Galant hielt er Elke beim Einsteigen die Beifahrertür auf und ließ den Motor kurz heulen, ehe er beim Anfahren eine Gummispur auf den Asphalt legte.

Sie speisten im „Montreux", einem kleinen, feinen Restaurant am Rande der Stadt, ehe Elke ihn zu ihrem Haus navigierte. Es war ein einfaches Mietshaus, aber ihm erschien es wie Dornröschens Schloss. Ganz selbstverständlich begleitete er seine Angebetete hinein. Sie stiegen unter das Dach hinauf. Beim Aufschließen sagte sie beiläufig: „Ach ja, ich habe noch eine Mitbewohnerin. Die ist aber noch auf Arbeit. Kommt meistens erst später."

Das Wohnzimmer war nicht groß, aber gemütlich. Nur der PC, der gegenüber der Sitzgruppe brummte und seinen Bildschirm heftig schonte, passte nicht ganz.

„Der gehört der Kleinen", kommentierte Elke.

Die Couch- und Quatschphase gestaltete nicht sehr ausgedehnt. Elke stellte das Prosecco-Glas beiseite und erhob sich. Jeder Millimeter eine kleine Verlockung. „Ich mach mich mal frisch", säuselte sie, „mach dir's bequem, derweil."

Und das tat er. Als er ins Adamskostüm entschlüpft war, entdeckte er die Spiegelrückwand des Schrankes in der Ecke und begann, leicht zu posen. Ja, sein Body konnte sich schon sehen lassen. Spielerisch ließ er den Bizeps hüpfen, schwang die Hüften, um die Bauchmuskulatur zu betonen, wölbte den großen Pectoralis. Schließlich wurde ihm das Warten lästig, er drapierte sich auf die Couch.

Elkes Rückkehr wirkte wie eine kalte Dusche. Sie hatte ganz offensichtlich wirklich nur ein wenig das Make-up aufgefrischt, das Haar gebürstet und trat nun in Jeans und einem Sweatshirt wieder ins Zimmer.

Als sie ihn ansah, lächelte sie leicht, zwinkerte ihm zu und meinte: „DAS ist vielleicht ein wenig zu bequem."

Der beschämte Sven bekleidete sich eilends, verabschiedete sich und röhrte kurz darauf davon.

Zwei Tage lang tauchte er nicht im Center auf. Dann hatte die Gewohnheit die Scham besiegt und er kam – wie immer – daher rowdiert.

Annekatrin lächelte ihn freundlich an, tauschte seine Karte gegen den Stammkunden-Spindschlüssel und stellte wenige Sekunden später den obligatorischen Powerdrink bereit.

Aber nicht nur das. Sie legte auch eine CD neben den Becher und sagte: „Hier, das dürfte Dich interessieren. Hab' ich letztens mal zusammengeschnitten. Schenk ich dir." „Was ist denn da drauf", erkundigte sich der perplexe Sven.

„Ist ein Video. Soll ich es mal einlegen? Ich kann es hier über den Überwachungsmonitor abspielen."

„Ja, mach mal. Muss ja was ganz Supercooles sein, wenn du mir das verehrst."

Annekatrin legte die CD ins Laufwerk des Computers und startete die Wiedergabe. Zuerst geschah gar nichts, dann ging ein Zucken durch Svens Körper, das ihn mit lautem Krachen vom Barhocker beförderte. Wie bei einem Flashback sah er den PC vor sich, auf dessen Monitor eine Webcam prangte.

„He, schaut mal", rief Rüdiger, der Tae-Bo Instruktor, der eben mit einem ganzen Pulk von Leuten hereintrat, „da strippt einer".

Alle beugten sich über den Tresen und beobachteten den nackten Mann, der vor einem Schrank die Muskeln spielen ließ...

Annekatrin trat leise an den gestürzten Helden heran und sagte lächelnd: „Ich wohne bei meiner Cousine, weißt du?

Dein Auftritt hat übrigens meinen Freundinnen gefallen, unter 'www.ea-live.de'.
Auch, wenn nicht alles so groß ist, wie Dein Ego."

Wortloser Frei – Tag

Der Zug eilte von Station zu Station. Eine junge Frühlingssonne tupfte Schattenbilder in alle Winkel des Abteils. Gleisstöße trommelten dumpf unter den Rädern, weitergereicht von Wagon zu Wagon.

Er fühlte sich seltsam, intensiv gemustert. Immer eindringlicher wurde der Blick, der sich in seine Haut bohrte. Schließlich erhob er sich und packte sein Buch in die Reisetasche, die über ihm in der Gepäckablage ruhte. - Der Blick drang in seinen Rücken, mit spürbarer Intensität.

Langsam wandte er sich um und sah sich einer jungen Frau gegenüber, die ihm direkt ins Gesicht schaute und ihn anlächelte.

Sie war nicht besonders hübsch, ein rundes Gesicht, mit schmalen Lippen. Aber die Augen hatten etwas. Grau? Blau? Grün? Es ließ sich nicht genau sagen, denn ein schelmisches Blitzen tanzte darin, suchte den Betrachter zu verwirren. Um die Nase hatten sich einige Sommersprossen gelagert, schienen im Lichtwechsel der vorbeieilenden Landschaft ausgelassen zu hüpfen.

Das ältere Ehepaar, das noch vor einer Weile mit im Abteil gesessen hatte, musste, unbemerkt von ihm, ausgestiegen sein, ebenso, wie der Mann mit dem Lederhut. Es blieben nur sie und er.

Sein Blick glitt vom Gesicht hinweg, ihren Körper hinab. Viel war da nicht zu erkennen, unter einem weiten Pulli und der leicht klaffenden Jacke. Ein Kleid oder Rock verbarg den Rest, bis zu den dicken lackblauen Lederschuhen hinunter, die - schon beinahe grotesk - mit zitronengelben Bändern verschnürt waren.

Sie wandte sich dem Fenster zu und studierte eine Zeit lang die vorbeirauschende Landschaft. Nun war es an ihm, sie mit Blicken zu entdecken. Nach einer Weile setzte sie sich auf und dehnte sich wohlig, was seinen Erkundungen entgegenkam.

Erneut strahlte ihm ihr Blick entgegen, ruhte auf ihm, wie eine weiche Hülle.

Wieder kehrten seine Augen zu ihrem Gesicht zurück, das nun einen freundlich-ernsten Ausdruck angenommen hatte. Fast schien es ihm ein wenig bittend. Er öffnete den Mund, um sie anzusprechen, sah aber im letzten Moment ein zuckendes Kopfschütteln - und blieb stumm.

Äußerlich noch immer in die Betrachtung seines Gegenübers versunken, fanden seine Gedanken nach einer Weile wieder andere Wege.

Heute war sein Frei-Tag. Seit Beate ihn verlassen hatte, war es zu einer Art Ritual geworden, einfach loszufahren, an schönen Orten auszusteigen und das lange Wochenende dort zu verbringen.

Meist verlockten ihn alte Gemäuer oder nette Landschaften, die er vom Abteilfenster aus entdeckte.

Heute war sein Tag. Nichts und niemand hatte die Macht, ihn zu drängen oder zu zwingen. Also entschied er kurzerhand, den Zug an der gleichen Station zu verlassen, wie die schweigsame Lächlerin.

Es war ein kleiner Haltepunkt bei einem Ort, der sich zwischen zwei Berge duckte. Ein weißer Kirchturm spießte keck aus dem Schwarz-Rot-Gemisch der Hausdächer hervor. Gemeinsam mit einer Schulklasse und einigen eiligen Passanten schlenderte er - hinter dem Mädchen drein - vom Bahnsteig.

Sie hatte einen Riemen ihres Rucksacks geschultert und spazierte am Buswartehaus vorbei, wohl, um den Weg ins Dorf zu Fuß zurückzulegen. Plötzlich blieb sie stehen und schaute sich nach ihm um. Wieder blitzte die Sonne in ihren Augen und das Lächeln strahlte unter den tanzenden Sommersprossen hervor. Als er herangekommen war, nahm sie einfach seine freie Hand. Ihr Griff war sanft aber fest und er fühlte sich ein bisschen wie ein kleiner Junge, der mit Mutti von der Einkaufstour in der Stadt zurückkehrt. Nicht dass es ihm unangenehm war, nur das Schweigen erschien ihm ein wenig unwirklich.

Wieder holte er Atem, aber ihr Kopf, mit dem kurzen, kupferrot durchsträhnten Haar, zuckte ein erneutes "Nein".

Wie ein Pärchen durchquerten sie den Ort, wandten sich am Kirchplatz nach links und erreichten endlich ein kleines Gehöft. Sie öffnete die Tür und führte ihn in die erste Etage hinauf. Dort befand sich eine kleine Wohnung, die sie gemeinsam betraten.

Das Ambiente passte zu ihrer Erscheinung. Bücher türmten sich in der Ecke, eine riesige Pinwand versteckte sich unter Fotos, ein- und abgerissenen Eintrittstickets, handgeschriebenen Notizen. Er ließ seine Tasche neben ihrem Rucksack landen und sah sich um.

Das Wohnzimmer, in das sie ihn brachte, hatte den typischen WG Charme. Sie zog einen von drei unterschiedlichen Stühlen heran und ließ ihn darauf Platz nehmen. Dann verschwand sie in die Küche. Er hörte, wie sie ein Behältnis mit Wasser füllte, offenbar einen Wasserkocher, denn nach einem Augenblick vernahm man das vertraut gurgelnde Geräusch.

Als sie den Raum wieder betrat, brachte sie Tassen, Zuckerdose und ein Glas Instant-Kaffee, sowie eine duftende Teedose mit. Die Jacke hatte sie abgelegt und wand sich nun aus ihrem Pulli. Darunter kam eine Art Hängekleid - Hippie Stil - zum Vorschein, das ihren kräftigen Leib umspielte. Als sie seinen "Entdeckerblick" gewahrte, warf sie den Kopf zurück und ließ ein glucksendes Lachen hören.

Dann schob sie ihm eine Tasse hin und er gab einen Löffel Kaffee hinein. Der Duft des Getränkes vermischte sich mit dem feinen Tee-Aroma aus ihrem großen, dampfenden Pott.

Die Szene erschien ihm zu gleichen Teilen fremd und vertraut. Alles fühlte sich so ungezwungen, so normal an, dass es schon fast wieder gespenstisch war. Ein drittes Mal öffnete er den Mund - und sie legte den Finger auf ihre Lippen.

Nachdem die Tassen geleert und der Tisch abgeräumt waren, machte das Mädchen Anstalten, sich wieder zum Ausgehen anzukleiden. Er nahm also seine Jacke von der alten Truhe im Vorsaal, wo er sie abgelegt hatte, und sie verließen den Hof. Die Tasche blieb zurück.

Erneut nahm sie sanft seine Hand und geleitete ihn aus dem Ort hinaus, dem linken der beiden Berge entgegen. Saftiges Grün, mit frühblühenden Blumen besprenkelt lockte sie dem Walde zu, aus dessen Schoss sich ein steiler Weg nach oben wand.

Plötzlich ließ sie seine Hand los und begann, über die Wiese zu springen, die Arme ausgebreitet, wie ein startender Albatros. Mit schwingendem Kleid wirbelte sie umher.

Er blieb stehen und beobachtete ihr Tun, bewunderte ihre grenzenlose Unbefangenheit. Mitten in einer Pirouette winkte sie ihm zu und ließ wieder dieses Lachen hören.

Dann kam sie, ganz außer Atem, zurück, schnappte sich seine Hand und legte sie auf ihre kleine, feste Brust. Selbst durch den Wollpanzer des Pullis konnte er ihr Herz spüren.

Er ergriff mit der freien Hand ihre Schulter und wollte sie an sich ziehen, doch sie entwand sich ihm und tanzte im nächsten Moment schon wieder lachend ihren wilden Reigen.

Anschließend kehrte sie zu ihm zurück, um - Hand in Hand - den Wald zu betreten. Nach dem schweißtreibenden Tanz schien die schattige Kühle sie frösteln zu machen. Sie legte übergangslos ihre Hand in seine Hüfte und kuschelte sich im Weitergehen an ihn.

Seine Verwirrung nahm zu. Was sollte er von dieser Frau halten? Was wollte sie? Was wollte er? Würde nicht die ungezwungene Stimmung zerbrechen, wenn er sie bedrängte?

Erst als sie auf dem steinigen Weg dem Walde entstiegen, löste sie sich wieder von ihm und sprang erneut vor ihm her. Die strahlende Sonne, die mit zunehmender Höhe auch schon leicht herab zu brennen begann, erwärmte auch sein Gemüt. Und ehe er es sich versah, sprang auch er - wie ein Gamsbock - dem Gipfel entgegen.

Atemlos standen sie umschlungen dort, als die Sonne sich dem Horizont zu neigte. Über die ferneren Gipfel flutete ein orangeroter Schein. Hier gab es nur sie beide - und das Schweigen. Irgendwann wandte sie sich zum Gehen - und es war höchste Zeit, wollten sie nicht in der schnell wachsenden Finsternis zwischen den Felsen umherkraxeln. Ihr fester Griff gab ihm Sicherheit, suchte aber gleichzeitig auch Halt bei ihm.

Durch den Wald gingen sie, den Lichtern der Ortschaft entgegen. Wie schon am Vormittag verpasste er es, am Eingangsschild den Namen des Dorfes zu ergründen. Der war ohnehin nicht wichtig. Wichtig waren sie und er - und das Schweigen stummen Einverständnisses.

Im Erdgeschoss des Gehöfts brannte Licht. Als sie den Hausflur betraten, kam eine alte Frau heraus und begrüßte die beiden:

"Guten Abend. Ihr wart wohl schon auf dem Hinrichskopf? Das ist nämlich Katjas Lieblingsplatz - und wo doch das Wetter so herrlich war... Wollt ihr mit zu Abend essen?" Katja schüttelte den Kopf und lächelte.

"Na schön, dann wünsche ich euch noch einen schönen Abend.", meinte die Frau und kehrte in ihre Küche zurück.

Sie stiegen ins Obergeschoss hinauf und begannen gemeinsam, das Abendessen zu bereiten - schweigend.

Es war, als seien sie ein seit Jahren eingespieltes Team. Mit traumwandlerischer Sicherheit fand er Geschirr, Besteck und Eier.

Sie kochte Tee und schälte Kartoffeln.

Während die brutzelten, verzog er sich ins Wohnzimmer und stöberte zwischen ihren Büchern, CDs und Schallplatten umher.

In der Ecke lehnte eine abgenutzte Gitarre. Die schnappte er sich und improvisierte eine kleine

Melodie, bis sie strahlend hereintrat und den Tisch deckte. Er ging und holte den Tiegel mit den Bratkartoffeln, sie brachte den Tee. Wie ein glückspendender Schutzmantel breitete sich das Schweigen über ihrem Abendmahl aus, erstreckte sich über den gemeinsamen Abwasch.

Als sie aus der Küche zurückkehrten, führte Katja ihn ins Schlafzimmer, zu einem gigantischen alten Doppelbett, das den Raum beherrschte. Die nahm die Patchwork-Tagesdecke herunter und schlug auffordernd das Deckbett auf einer Seite zurück. Er nickte und ging in den Vorsaal, um seine Tasche zu holen. Er entnahm ihr den Schlafanzug, ein Handtuch und seine Hygieneutensilien. Dann stellte er sie beiseite.

Katja hatte das Fenster im Wohnzimmer geöffnet und die Stereoanlage eingeschaltet. Leise aber hörbar erklang die Stimme Eric Claptons: "Alberta, Alberta. Where've you been last night?" Der Wind trug einen frischen Duft herein.

Er ging Duschen.

Nach einer Weile hörte er, wie sie die Fenster schloss. Im Schlafzimmer leuchteten Nachttischlampen zu beiden Seiten des Betts, als er das Bad verließ und seine Waschtasche verstaute. Inzwischen war sie im Bad verschwunden. Spannung ergriff von ihm Besitz. Was würde jetzt kommen? Irgendwie wollte ihm die

Erinnerung an den vergangenen Tag zuflüstern, es sei alles nur ein Traum.

Und dann trat Katja herein, in ein langes flauschiges Baumwoll-Nachthemd gehüllt und es erschien ihm, als sei er nie zuvor einer begehrenswerteren Frau begegnet. Sie bedachte ihn mit einem ihrer Augenblitze und einem fast kindlich wirkenden Lächeln, als sie die zweite Bettdecke zurückschlug.

Anschließend umrundete sie die monumentale Liegestatt und schubste ihn leicht zur Seite, während sie sich zu ihm kuschelte.

Beinahe unbewusst begann er, sie zu streicheln, ihren Kopf, ihren Nacken, ließ seine Finger zwischen ihren Schulterblättern wandern. Sie hatte ihren Kopf auf seiner Brust platziert und blickte mit ihren offenen, bunten Augen zu ihm empor.

Er küsste sie...

Mit der allergrößten Selbstverständlichkeit rollte Katja zur Seite, nahm seine Hand und führte sie an ihrem Körper entlang, dahin, wo sie berührt werden wollte. Er tat es ihr gleich...

Ein später Morgen lugte durch den Spalt zwischen den Gardinen. Katja regte sich in seinem Arm, begann, ihre Finger über seine Brust den Lenden zu wandern zu lassen. Er hob ein Lid und begegnete ihrem Lächeln. Ein gemeinsamer Höhepunkt lockte.

Das Frühstück war eher ein zeitiges Mittagessen. Sie buken sich Brötchen auf, der Cappuccino duftete und aus dem Hof drangen das Gackern der Hühner und ein gelegentliches Blöken von Schafen durch das geöffnete Fenster.

An diesem Tag eroberten sie den zweiten Gipfel, den Friedershübel. - Schweigend.

Als sie am Nachmittag zum Hof zurückkehrten, roch es nach frischem Kuchen. Katja öffnete die Küchentür im Erdgeschoss und bugsierte ihn hinein.

Auf dem Tisch fanden sich zwei Bleche duftenden Backwerks und die Mutter beförderte gerade ein drittes in die Röhre.

"Ihr kommt gerade rechtzeitig", begrüßte sie die Beiden. "Der Kaffee ist auch gleich soweit."

Als der Tisch gedeckt war, kam der Hausherr herein. Er zog sich um, wusch sich und nahm Platz. Auch hier herrschte diese wunderbare Normalität, als gehöre er schon immer dazu.

Erst nach dem Kaffeetrinken lehnte sich der Vater zurück und fragte ganz beiläufig:

"Wo kommst du her?"

Er erzählte, woher er kam und was er trieb. Das hatte nichts von den üblichen Verhören, sondern ließ ein wohlwollendes Interesse erkennen. Dennoch, eine Frage lauerte drohend, bereit zum Sprung. Mit plötzlicher Wucht brach sie hervor: "Wann musst du wieder weg?"

Sein verschreckter Blick wanderte zu Katja. Sie lächelte, als sei es das Normalste auf der Welt, dass er sie wieder verließ.

Sein Herz schien bersten zu wollen.

'Die Vertreibung aus dem Paradies', schoss es ihm durch den Kopf. Doch die Frage blieb: "Wann ...?"

"Heute Abend.", presste er heraus, "Aber ich möchte gern wiederkommen." Neuer Blick zu Katja. Lächeln. "Ich möchte gern bleiben, bei Katja."

Die Mutter lächelte nun auch. "Und es macht dir nichts aus, dass sie stumm ist?"

"Gar nichts." Es gab keine andere Antwort.

Unaufhaltsam stiegen die Worte auf:

"Sie spricht mit mir."

Die Rache

Wieder sitzt der Kerl auf der Bank neben mir. Mit seinem Flaschenbeutel. Wie mich das nervt! Jedesmal drückt er mir fast die Kappe schief, fährt mir mit seiner tabakfleckigen Hand in den Schlund und wühlt wie ein Berserker in mir herum. Letztens hat er sogar einen Kratzer auf meinen frisch lackierten Deckel gemacht, dieser Banause.

Ich kann mich gar nicht mehr erinnern, wie lange diese Tortur schon geht. Irgendwann ist der plötzlich aufgetaucht – halt, eher herangewankt – und hat mir seine Pranke reingewürgt. Hat die beiden leeren Bierflaschen rausgerissen und die fortgebracht. Ein paar Minuten später ist er zurückgekommen, eine Pulle am Hals, hat sich auf die Bank gehauen und vor sich hin gemurmelt.

Na gut, wenigstens das Murmeln hat er in letzter Zeit gelassen. Dafür hat er mich letzte Woche zweimal mit seinem schweren Arbeitsschuh getreten. Als könnte ich etwas dafür, dass keiner sein Leergut in meinem Bauch deponiert hatte.

Ist dann verschwunden, der Suffkopp, um sein Glück woanders zu versuchen. Aber mit Aufatmen war da nichts, denn der hat so viel Schwein gehabt, dass er mit einer ganzen Flasche Schnaps ankam. Die hat er eingefüllt und dann hat er ...

Nein, das kann ich einfach nicht erzählen. Sowas erzählt nur, wer auch eine angemessene Gänsehaut zustande kriegt. - Was? Die ist nicht nötig? Ach, sei's drum, er hat gesungen. JA!

Zuerst dachte ich, der reißt die Hufe hoch, gibt den Löffel ab - segnet eben das Zeitliche. Ein Schnaufen und Gurgeln war das. Aber als der nach ein paar Minuten immer noch röhrte, schien es mir, als könne man eine Art Melodie darin vermuten. Und tatsächlich, bei genauerem Hinhören schälten sich Wörter aus dem Gestammel. Irgendwas mit ´Matrosen´ und ´Sonne´...

Und ´die wogende See´ kam auch vor. Ich hab endlos gerätselt, was das bedeuten könnte. Wogen hab' ich ja auch schon einiges gesehen, so auf der - und rund um die Bank herum. Aber wer diese See ist? Keine Ahnung. - Jedenfalls ist er dann irgendwann umgesunken und eingepennt. Geschnarcht hat er, bis eine Polizeistreife kam und ihn nach seinem ´Ausweis´ gefragt hat.

Da hat er sich den Rotz von der Nase gewischt und in seine Jackentasche gelangt. Dort hat er eine Hülle hervorgekramt, in der so ein komischer Pappfetzen steckte. Den wollten anscheinend die Polizisten sehen. Und das hat mich auf eine Idee gebracht...

Da! Wusste ich's doch. Jetzt fängt er wieder damit an, meine Innereien umzugraben. Aber diesmal bin ich vorbereitet. Hab seit gestern alle leeren Flaschen unter dem Papier versteckt. Vorsichtig schüttle ich die

Taschentücher und Dönerservietten von den Schätzen, mit denen ich ihn ködern will. Und prompt wird sein Schnaufen heftiger, während der ganze Arm in meinen Tiefen herumrudert. Vorsichtig drückt mein Deckel gegen seine Brust.

... vier, fünf Flaschen. Jetzt ist sein Beutel voll. Wird mein Plan klappen? Wie gern hätte ich jetzt eine Mimik, nur, um ein diabolisches Grinsen zur Schau stellen zu können! Die Spannung ist kaum auszuhalten. Er erhebt sich von den Knien, auf die er im Sammeleifer gesunken war. Hoffentlich merkt er nichts.

Er geht. Wankt davon und verschwindet hinter der Torsäule am Parkeingang. Die Zeit verflüssigt sich, wird träger und träger, als ob sie gleich stehenbleiben wolle. Irgendwo am Kiesweg klingelt ein Handy. Eine junge Frau taucht auf, wogt an den passenden Stellen, presst das Gerät ans Ohr.

"Ja, wir treffen uns dann gegen ...", trägt der Wind ihre Stimme herüber. Warum steckt die mir nicht mal die Hand rein? Richtig tief, da mit ich auch vom Wogen noch was zu spüren bekomme... Fast glaube ich, ich könnte erröten, so heiß wird mir bei dem Gedanken, sie würde ...

Da ist er wieder, der Berserker. Hat mir den Gefallen getan, Trottel der. Jetzt kommt er heran, lässt sich auf die Bank fallen und hebt die Fusel-Pulle an den Hals. Ich höre das Glucksen, als das Zeug seine Stoppelkehle hinunter rinnt. Diesmal erfüllt es mich mit freudiger Erwartung. Ein paar Schlucke noch, dann ist

die Buddel leer. Jetzt muss ich mich konzentrieren...
Mit aller Macht beginne ich zu vibrieren. Die kleine
Karte rutscht immer näher an den Schlitz heran, der
an meinem Boden klafft, seit der Kerl mich getreten
hat.

Mit einem - leider unhörbaren - Kampfschrei werfe
ich mich zur Seite. Das Kärtchen schnippt davon, landet irgendwo in der Wiese. Und ich stürze um. Der
Unhold glotzt mich verständnislos an. Ein altes Mutt-
chen, das gerade noch ein paar Stiefmütterchen -
Pflanzen aus der Rabatte geklaut hat, schreit: "Hier
randaliert einer! Holt die Polizei! Amokläufer! Hilfe!"
Dann eilt sie, so schnell ihre alten Beine sie tragen,
davon.

Zwei Streifenpolizisten kommen herbei. Dass die gerade jetzt in der Nähe sind, passt mir natürlich aus-
gezeichnet. Ich rolle mich noch ein wenig über den
Weg, wobei mein Deckel abklappt und sich mein Inhalt malerisch verteilt. Ich wusste gar nicht, dass ich
eine Begabung für Expressionismus habe...

Jetzt treten sie an den Säufer heran. Einer stellt sich
vor und verlangt:

"Ihren Ausweis, bitte!"

Wühlen in der Jacke. Stutzen. Wieder Wühlen. - Ja,
mein Freund, jetzt bist du fällig ...

In seiner Ratlosigkeit versucht der doch tatsächlich,
abzuhauen!

Der zweite Polizist hebt mich auf und stellt mich wieder gerade hin, während der erste den Kerl abführt. Auch den Müll stopft er wieder zurück, beinahe versonnen. Dann folgt er seinem Kollegen zum Auto.

Ordnung muss schließlich sein. Und ich sorge dafür ...

Der Letzte

Der Reporter strahlte.

"... Hier ist er. Peter Locker, der letzte Bürger unseres Landes, der gestern seine Wohnung auf die RFID-gestützte Schließtechnologie umrüsten lassen hat. Was hat sie denn letztendlich nun doch bewogen, diesen Schritt zu tun?"

Der Angesprochene lächelte etwas gezwungen. "Ich hatte meinen Schlüssel in der Wohnung liegen und kam nicht rein. Schlüsseldienste gibt es ja nicht mehr, also musste ich die Tür einschlagen. Da habe ich mir dann eine INDIVIDoor einbauen lassen." - '... müssen', fügte er in Gedanken hinzu.

"Jaaa", kicherte der Pressemann, "verlegte Schlüssel gehören der Vergangenheit an. Von nun ab kennt sie ihre Tür persönlich. Damit ist auch in unserer Stadt das UCP[1]-Programm vollständig umgesetzt. Wir gratulieren Ihnen, Herr Locker, und ich gebe zurück in die Sendezentrale."

Peter Locker ließ die neue, garantiert einbruchssichere Tür ins Schloss fallen. Im Lieferschacht summte

---

[1] UCP: Unrestricted Control of the Public = Uneingeschränkte Kontrolle der Öffentlichkeit

es. - Frühstück. Während er sich sein frisches Crois-
sant mit Butter bestrich, fragte sich der "letzte Bürger", warum er sich so lange gegen die Vollcompute-
risierung gewehrt hatte. Seit den späten Neunzigern
war er Mitinitiator zahlreicher Proteste, Datenschutz-
aktionen, Bürgerinitiativen gegen Informationsmiss-
brauch gewesen. Aber die graue Masse hatte ihn aus-
gelacht. Von den damaligen Mitstreitern hatte er
schon lange nichts mehr gehört.

Er stellte das Geschirr in den Clean-O-maten. 'Eigentlich', dachte er, 'wäre es nett, heute Abend mit
Beatrice auszugehen. - Weil ich doch nun bekannt
bin...'

Die U-News waren obligatorisch für alle Bürger. Sie
wurden in allen Aufenthaltsbereichen automatisch
angeboten und auf Verstöße gegen das LUI[2]-Gesetz
standen hohe Geldstrafen.

Er trat an den Wandschirm und wählte das Kommu-
nikationsmenü. Kleine Aufnahmen aller seiner
Freunde und Bekannten tauchten auf, die sie bei ihren gegenwärtigen Tätigkeiten zeigten. Bea schien
über einem Entwurf zu grübeln. Er tippte das Video
an.

Aber was war das? Anstatt auf Vollbildgröße zu
wachsen verblasste die Darstellung.

---

[2] LUI: Local Ubiquitous Infomation = Zwangsinformation über lokale
     Vorgänge und Regelungen.

„Leider kein Kontakt möglich. ", ertönte die angenehme Stimme des Kommunikators. Das war seltsam. Es hatte nie einen Ausfall der Comms gegeben.

Ein wenig verärgert tippte Peter das Logo der Hotline an.

„Leider kein Kontakt möglich. "

"Was soll denn das?", murmelte er vor sich hin, während er sich den Mantel überwarf, um ins Bürgerzentrum zu gehen. Vielleicht konnte er ja dort Näheres erfahren, denn ohne den Zentralserver gab es für ihn keine Telekommunikation.

Er trat vor die neue INDIVIDoor.

Ein Scharfes Knacken einrastender Verschlussbolzen ließ ihn zusammenfahren. Das konnte nicht sein. Die Firma bot für die Technik lebenslange, uneingeschränkte Gewährleistung. Zurückgetreten und wieder heran... Kein Aufschwingen. Zornig eilte er zum Screen zurück und öffnete seine tägliche ToDo-Liste. Was er sah, ließ ihm den Atem stocken. Sie war leer.

Nun begann er, wahllos seine Datenbestände abzurufen. Überall das gleiche Bild. Gähnende Leere. Halb wahnsinnig startete er den Selbsttest.

Diagramme und Tabellen flimmerten über den Wandmonitor. In der Resultat-Spalte erschien ein grüner Haken nach dem anderen.

Plötzlich stutzte Peter. Er stoppte die Diagnose und wählte stattdessen *Video intern*.

Das Bild der Raumkameras erschien. Es zeigte ... ihn ... wie er ... an seinem Terminal saß und program-mierte![3]

---

[3] Horrorvision? Oder bald Realität? Die Technologien existieren längst und die grundlegenden Schritte in diese Richtung werden eben ge-tan.

Bei Nachbars

Eigentlich wollte Achim ja schon seit zehn Minuten am Stammtisch sitzen, aber Irene war noch nicht da. Sicher war sie nach der Arbeit wieder einmal bei Claudia hängen geblieben, dieser alten Kuh, die ständig irgendwelche tollen Partnerschaftstipps zu verkünden hatte, obwohl sie selbst überzeugte Single war.

Wie er das hasste, wenn seine Frau dann wieder die große Ausprobier-Wut bekam...

´Wir sollten ab jetzt vor dem Sex gemeinsam duschen´, hörte er noch mit Schrecken die letzte Erkenntnis durch seinen Schädel hallen. Und sie hatten es getan – eiskalt!

Irene hatte vergessen gehabt, dieses Detail zu erwähnen. Anschließend war natürlich die Nacht gelaufen gewesen, denn er hatte, bibbernd unter seiner Decke, um globale Erwärmung gekämpft...

Wie auch immer, in weniger als einer Stunde würde sie keinesfalls auftauchen. Damit blieb das Mittwochslotto an ihm hängen. Sinnlos, dieser Quatsch, denn seine Partnerin hatte noch nie gewonnen.

Dafür würden ihn die Kumpels im „Silbergockel", wegen der Verspätung, wieder einen Pantoffelhelden schimpfen, wo doch heute die Revanche im Schwindel-Max anstand.

Inzwischen hatte er sich die Glotze eingeschaltet und sich mit einem kühlen Bier davor gehockt.

„So´n Käse", brummelte er vor sich hin, während er nebenbei die Nummern der gezogenen Kugeln notierte.

Plötzlich stutzte er. Waren das nicht *ihre* Zahlen?

Wie ein Angestochener sprang der massige Mann auf und sprintete zum Regal, wo er Claudias Tippschein wusste. Er rückte systematisch die Bücher beiseite und hielt dann kichernd den gesuchten Zettel in der Hand. Den legte er neben die Notizen von der eben beendeten Ziehung auf das kleine Tischchen und begann, zu vergleichen.

„7? Stimmt. 13? Auch. Und die 14 ..."

Achim rieb sich die Augen. Es änderte sich nichts an dem Ergebnis. Die Maschine hatte genau die passenden Bällchen ausgespuckt.

Wieder erhob er sich und begann, durchs Zimmer zu tigern. Vom Fenster zum Sofa, um Sessel und Tisch herum. An letzterem pausierte er - zum Nachtanken.

Als die Flasche leer war, nahm er wieder Platz und begann, vor sich hin zu träumen. Eine Reise würden sie unternehmen – auf jeden Fall. Eine Kreuzfahrt? … Vielleicht. Und ein Haus müsste sein, ach was, eine Villa.

Den Rest würden sie investieren und fortan von Zins und Dividende leben.

Vielleicht knackten Sie ja sogar einen Multi-Millionen-Jackpot? Er kannte sich da nicht so aus, hatte die Tipperei bisher eher unwillig betrachtet, wo sie doch ohnehin nur knapp über die Runden kamen.

So ein Hauptgewinn, der änderte freilich alles. Vorbei das tägliche Malochen und Katzbuckeln vor dem Chef. Vielleicht konnte man ja als Teilhaber bei ein paar kleinen, aber feinen, Firmen einsteigen?

Ein Blick zur Uhr erinnerte ihn an die Stammtisch-Brüder, die ihn zum Würfeln erwarteten. Denen würde er ... kein Sterbenswörtchen verraten.

Wie eine hoch zerbrechliche Kostbarkeit nahm Achim den Gewinn-Schein, um ihn an einen sicheren Ort zu räumen. Er hatte da schon einen im Visier. An dieser Stelle hätten sie ihn jederzeit parat, wenn Irene heimkam...

Er stellte das Leergut in den Kasten zurück, dann schlüpfte er in seine Jogging-Jacke und die Adidas-Treter und verschwand in Richtung „Gockel".

Es wurde ein langer Abend...

Als Achim, gegen Mitternacht, wieder in der Wohnung anlangte, glaubte er seinen Augen nicht trauen zu dürfen. Irene saß mit verheulten Augen inmitten eines gigantischen Stapels von Büchern und Ordnern. Beuteln, Taschen, Einzelblätter lagen in wildem Durcheinander umher.

„Wass'n los", fragte er mit schwerer Zunge, denn er hatte beim Würfeln gewonnen und – zusätzlich zu den Strafgetränken der Verlierer - einige Siegerrunden konsumiert.

Wie ein Gespenst, blass und grau, schaute seine Lebensgefährtin auf und brach sofort wieder in haltloses Schluchzen aus.

Mit einigen Schwierigkeiten wankte der Hausherr durch das Druckartikel-Gebirge und nahm sie in den Arm.

„Was machs´e denn für 'n Herrmann? Mitten in 'er Nacht?"

„Er ist weg", wimmerte Irene an seiner breiten Brust.

„Wer?"

„Na der Tippschein. Ich bin nach Hause gekommen und hab die gezogenen Zahlen gesehen. Da wusst´ ich sofort, dass wir alle richtig haben. Also wollte ich den Schein rausholen um noch mal zu vergleichen."

Wieder schüttelte sie ein Schluchzen.

„Und nun ist er weg. Ich weiß ganz genau, dass ich ihn zwischen den Morgenstern und den Balzac geklemmt hatte ..."

Leise zuerst, aber mit schnell zunehmender Lautstärke begann Achim zu lachen. Schon liefen ihm Tränen die Wangen hinab, ehe er sich mühsam fassen konnte und verkündete:

„Ach, Mädel! Den hahahaha ..., den hahab ..., also, den hab - *ich* doch genommen. Haahahaha ..."

Fassungslos löste sich Irene aus seinen Armen und starrte ihn an. Dann zogen sich die Augenbrauen zusammen. Wie ein Donnerkeil stand die Falte über der Nase.

„Wie oft muss ich Dir eigentlich noch sagen, dass Du nicht in meinem Kram herumwühlen sollst? Ständig vermisse ich meine Unterlagen, weil der gnädige Herr sie wiedermal verschleppt hat. Und die Krönung ist, dass Du Dich ja dann oft noch nicht einmal erinnerst, wo Du das Zeug vergraben hast. Das nervt! Ich muss nur an die Dokumente denken, die wir für die Wohngeldstelle abgeben mussten. Erst nach einer Woche sind die, rein zufällig, wieder aufgetaucht!"

Ihre eben noch tränentrüben Augen blitzten nun zornig.

Er suchte sie zu beruhigen: „Ach, hab Dich ma´ nich´ so. Ich hab den Tipp, den Schein, also den hab ich ganz sicher aufgehoben, so, dass wir den immer parat haben."

„Ja, das kenne ich. Einen ganzen Monat lang haben wir nach meinem Pass gesucht. Und nun rück' schon raus damit, wo Du meinen Gewinn versteckt hast!"

'Meinen Gewinn', das klang nicht gut. Hier war eindeutig ein Beweis seines überragenden Organisationstalents nötig. Mit breitem, des Alkohols wegen aber dennoch nicht sonderlich beeindruckenden, Lächeln kam er auf die Füße, eilte – so gut es ging – zum Fernsehgerät und hob die Fernbedienung an.

„Ta ...", der Rest blieb ihm im Halse stecken, denn da war nichts, was ein '... daaa' berechtigt hätte.

Das Grinsen verkrümelte sich hastig und machte im Stirnbereich einer Grübelfaltung Platz.

Zu allem Unglück wurde nun Irene hysterisch:

„Ich hab es gewusst! Gerade eben habe ich es noch gesagt. HAHA! - Sicher aufgehoben! Dass ich nicht lache! Du würdest doch sogar noch Deinen Hintern versaubeuteln, wenn der nicht angewachsen wäre!"

Betreten stand Achim mitten im Donnerwetter und kämpfte – schweißnass – um ein winziges Erinnerungsfünkchen. Er begann, die Bücher und Materialien ins Regal zu räumen, was Irene natürlich noch mehr auf die Palme beförderte.

„Glaubst Du etwa, ich hätte da nicht schon überall nachgesehen? Überlege Dir lieber, wo der Schein ist!"

„Ich will mir nur Platz schaffen, um alles noch einmal so zu wiederholen, wie gestern Abend."

„Ach ja? Und Du erinnerst Dich auch noch ganz genau, was in welcher Reihenfolge geschehen ist?

Sieh nur, wie ich darüber lache!"

Aber der Schein - Verbummler ließ sich nicht irritieren. Die Falten auf der Denkerstirn vertieften sich zu Schluchten, während er wie ein Schlafwandler das Zimmer durchmaß. Er verschwand in der Küche.

„Haaa! Ich hab ihn! Ich wusste es doch!"

Den wiedergefundenen Schatzbrief überm Haupte schwenkend, kam er zurück und strahlte wie ein Kind unterm Weihnachtsbaum.

„Ich bin gar nicht so dumm, wie Du denkst. Überleg' doch mal! Ich wollte den Schein zuerst an den Fernseher legen, damit wir ihn gleich finden, sollten wir uns noch einen Film anschauen. Aber dann hab ich mir überlegt, dass es ja noch eine viel sicherere Stelle gibt, nämlich die Küche, in der ich mir an jedem Abend mein 'Gute Nacht-Bier' hole."

Wortlos entriss ihm Irene den Tippzettel und presste ihn gegen ihre Brust. Dennoch entspannte sich ihr Gesicht merklich.

„Versprich mir, dass Du endlich diese Verschlepperei unterlässt!", sagte sie müde.

Als sie später im Bett lagen, schlug die Kirchturmuhr Mitternacht.

Achim kroch ganz nah an seine Irene heran und flüsterte ihr etwas ins Ohr.

„Einmal um die Welt", erwiderte sie matt - und war im nächsten Moment eingeschlafen.

Dilemma

Dirk-Werner Hagens war aufgeregt.

Nicht, dass es einen echten Grund dafür gegeben hätte, für einen Vollprofi wie ihn. Und genau das war es, was ihn so ärgerte – es gab keinen Grund.

Lassen Sie uns ein wenig rückwärts blättern, im großen Buch der Zeit.

Vor etwa fünf Jahren war Dirk-Werner, auf einer seiner Sommertouren mit dem Bike, einem netten jungen Mann begegnet, sportlich, sonnengebräunt, aufgeschlossen und gleichfalls Motorradliebhaber.

Dirk hatte sich zu einer kleinen Rast im Biergarten irgendeines Kuhnestes niedergelassen, als der Junge, kaum halb so alt wie er selbst, an den Tisch getreten war und gefragt hatte, ob der andere Platz noch frei sei.

„Klar, setz dich!", hatte Dirk geantwortet und einen kräftigen Zug aus seinem Glas genommen.

Sie hatten sich gut unterhalten. Der Mann hieß Kai Wilmers, war 26 und Student an irgendeiner Wald- und Wiesen-Uni. Wollte irgendwas Elektronisches werden. Aber das war nicht so bedeutend. Interessant war sein anderes Hobby; er schrieb Gedichte und Liedertexte, die er dann, wie er grinsend sagte, „dahin dilettierte".

Er hatte ein paar Verse rezitiert – und Dirk-Werner, dem professionellen Journalisten, war der Mund offen stehen geblieben. Jede Silbe, jeder Klang saß perfekt.

„Junge", hatte er gerufen, „lass das Studium sausen und veröffentliche, was du schreibst!"

„Ach nein", hatte Kai abgewehrt, „das ist alles nichts für ein großes Publikum. Den einen wird es zu schmalzig sein und den anderen nicht seicht genug."

Sie hatten das Thema noch eine Weile lang erörtert, aber der junge Mann war nicht zu überzeugen gewesen. Irgendwann hatten sie sich getrennt und waren ihrer Wege gefahren, nicht ohne vorher die Handynummern zu tauschen.

„Melde dich mal, wenn du Langeweile hast - und auf jeden Fall, wenn du endlich rausrückst, mit deinen Texten. Vielleicht kann ich ja was arrangieren, wo ich doch bei der Zeitung bin..."

Vor drei Jahren hatte ihn fast der Schlag getroffen, als er in einer der zahlreichen Video - Communities auf ein Lied stieß, das ganz eindeutig von Kai stammte. Bei dem Mann, der es sang, war er sich anfangs nicht sicher, Drei Jahre verwischen Eindrücke doch recht gründlich. Wie in Trance hatte Dirk-Werner sein Handy gezückt und Kais Nummer gewählt.

„Hallo?"

„Hey, Dirk-Werner hier. Erinnerst du dich noch? Wir haben uns vor ein paar Jahren in so einem Kleinen Nest getroffen. Der Reporter..."

„Ach ja", hatte Kai gelacht, "wie kommt es, dass du dich mal bei mir meldest?" Dirk schniefte. „Na, weißt du, ich find' das schon daneben, dass du hier im Internet so tolle Sachen singst und mir nichts davon verrätst."

Sie hatten sich noch lange und ausgiebig unterhalten. Kai hatte sein Studium absolviert, dann aber keine Stelle gefunden, auf der er sich so richtig wohl fühlen konnte. Entweder es war zu stressig gewesen oder das Klima hatte nicht gestimmt oder ..., es gab viele Gründe.

Irgendwann waren ihm die vielen Jobwechsel auf die Füße gefallen. Bewerbungserfolge wurden seltener, der Druck der Arbeitsvermittler größer. Seine letzte Stelle hatte Kai vor mehr als einem Monat verlassen, hatte seitdem nichts unternommen, um etwas Neues zu finden. Dafür hatte er ein paar Lieder eingespielt und im Netz bereitgestellt.

Und siehe da, seine Seite war in kürzester Zeit in die Reihen der meist geklickten Beiträge aufgestiegen; 2 340 000 Besucher in nur zwei Wochen. Auf Facebook gab es mehrere Fanclubs, die Zahl begeisterter Tweets explodierte.

Und immer wieder die Frage, wann sein erstes Album erscheinen würde.

Das Erste war drei Monate später auf dem Markt gewesen. Die Händler waren mit dem Auspacken der Nachlieferungen nicht hinterhergekommen und hatten direkt aus den Versandkartons verkauft. Bei den Online-Anbietern hatte es Schwierigkeiten mit den verfügbaren Servern gegeben, die Beschwerden über schleppende Downloads hatten sich gehäuft.

Kurze Zeit später waren Nummer zwei und drei erschienen. Blockbusters, alle beide.

Nur eins war nicht geschehen, Kai hatte sich nicht in der Öffentlichkeit präsentiert, schon gar nicht den Medien. Selbst im Internet gab es nur die Musikvideos, jede Menge Gerüchte und Vermutungen.

Niemand wusste wirklich etwas von ihm, man kannte nur die bewegenden Songs, die von wunderbaren Erlebnissen mit seiner Geliebten erzählten und alle Damen zwischen Zwölf und Sechsundsechzig in Träumen schwelgen ließen.

Dirk-Werner war bei jedem Lied wieder überrascht, wie es Kai gelang, oft so banale Dinge mit seiner schlichten Sichtweise so perfekt auszudrücken. Jedes Lied war eine Geschichte, die unsere triste Welt ein wenig verschönerte.

Dann war es passiert. Dirks Telefon hatte geklingelt und als er den Hörer abnahm, war Kai am anderen Ende gewesen und hatte ihm ein Interview angeboten.

„Ich werde nur ein einziges Interview geben", hatte es aus dem Telefon geklungen, „und das sollst du haben. Denn du warst es, der mich bedrängt hat, zu publizieren. Mittlerweile habe ich so viel eingenommen, dass mich das Arbeitsamt und alle Chefs der Welt mal gernhaben können. Ich habe mehrere Stiftungen initiiert, die verschiedentlich wohltun."

Nun war Dirk-Werner aufgeregt – und auf dem Weg zu Kais Haus.

Das Anwesen war unauffällig, beinahe wie ein überdimensionaler Kleingarten. Entsprechend niedlich nahm sich auch der rustikale Flachbau aus, der sich hinter ein paar Hecken und Nadelbäumen zu verstecken schien.

Am Gartentor gab es eine laienhaft installierte Klingel mit der Namensaufschrift:

'Wilmers's Paradise'.

Dirk drückte entschlossen den metallenen Knopf und am Hause begannen mehrere Schellen, Becken, Glöckchen zu scheppern. Offenbar war die gesamte Anlage Eigenbau, denn solch ein Radauinstrument konnte man sich nur in einem abgelegenen Garten leisten.

Von irgendwoher ertönte eine niedliche Kinderstimme: „Bist du ein Besucher? Dann komm schnell herein, ich koche gleich einen leckeren Tee." Damit öffnete sich die Pforte.

Dirk-Werner musste grinsen. Das war eine nette Begrüßung. Beim Eintreten versuchte er, herauszufinden, woher die Stimme gekommen war. Erfolglos.

Er schlenderte den schmalen Gartenweg entlang. Als er sich dem Haus näherte, entdeckte er auf der Terrasse davor einen Mann, der seiner Erinnerung an Kai entsprach. Ein wenig gealtert war er wohl, aber immer noch durchtrainiert und freundlich.

„Hallo", rief Kai.

„Hey", erwiderte Dirk-Werner.

Damit war die Einleitung geschafft.

Kai hatte einen kleinen Tisch und zwei bequeme Stühle auf die Terrasse gestellt und tatsächlich lecker duftenden Tee, sowie scheinbar frisch gebackene Plätzchen serviert.

Sie taten sich daran gütlich, ehe beide sich in ihren Stühlen zurücklehnten und Kai sprach: „Ich werde dir eine Geschichte erzählen. Aber ich bin nicht sicher, dass Du sie glauben wirst. Die Sache ist einfach nur abstrakt, so sehr, dass ich sie selbst nicht glaubte, würde man sie mir vortragen.

Du weißt, dass ich mich tunlichst aus aller Öffentlichkeit heraushalte. Ich habe eine Reihe von Händlern, die mir alles bringen, dessen ich bedarf. Ich bezahle sie hervorragend, aber im Gegenzug dürfen sie keinerlei Informationen über mich verlauten lassen.

Wer mich beliefert, hat vorher eine Verschwiegenheitserklärung mit drakonischen Strafen für den Fall der Nichteinhaltung unterzeichnet. Dafür verdienen diese Leute ein Vielfaches des Preises der Dinge, die sie liefern."

Dirk-Werner konnte sich nicht bremsen. Es platzte aus ihm heraus: „Aber warum? Tust du etwas Kriminelles?"

Kai lachte.

„Nein, keine Angst. Ich verbreche nichts. Hör mir einfach zu und schreibe, was du glaubst den Massen mitteilen zu müssen. Um eins bitte ich aber, nämlich, dass du nichts über meinen Aufenthalt erwähnst."

„Ist geritzt.", nickte der Reporter, der vor Spannung bereits ein wenig vibrierte.

„Also", hob Kai an, „Alle meine Fans rätseln, ob die Geliebte, um die sich alle meine Lieder und Gedichte drehen, aus Fleisch und Blut sei.

Das ist eine schwierige Frage. Tatsache ist, dass jedes Lied, das ich veröffentliche, mir auch genau so widerfährt." Er stockte kurz.

„Allerdings erst, nachdem ich es tatsächlich veröffentlicht habe. Sobald das Lied vom ersten Käufer zum ersten Mal gespielt wird, erscheint SIE."

Dirk-Werner konnte ein Aufblitzen in Kais Augen bemerken, als durchströme diesen eine besondere Energie.

„Wir tun genau das, was in dem jeweiligen Lied besungen wird, immer ein Lied pro Tag. Ist das letzte Lied erlebt, verschwindet sie."

Dirk-Werners Geist driftete. Vor seinem geistigen Auge spielte sich die Geschichte aus dem ersten Hit 'Am kleinen See' ab.

Er erschrak und kehrte in die Realität zurück, in der Kai seine Erzählung fortgesetzt hatte.

„ … in sie verliebt. Also bleibt mir nichts übrig, als ständig neue Lieder zu veröffentlichen, damit ich sie wieder für ein paar Tage um mich haben kann. Seit mehreren Tagen habe ich kaum geschlafen, schreibe wie ein Wilder Texte und Musik, damit sie bald wieder bei mir ist. Aber was geschieht, wenn die Menschen meine Ergüsse irgendwann satthaben? Was, wenn niemand mehr meine Lieder anhört? Wird sie dann weg bleiben?"

Darauf wusste Dirk-Werner keine Antwort. Er sah wohl, wie diese Gedanken den Freund – denn als solchen betrachtete er Kai – marterten. Aber dann fühlte er, dass er möglicherweise helfen konnte.

„Vielleicht kannst Du ja Gedichte schreiben? Ich könnte in der Redaktion anregen, dass wir sie – natürlich exklusiv – abdrucken. Dann hättest du eine gute Chance, denn du würdest veröffentlichen und hättest immer Konsumenten."

Kai, der plötzlich viel grauer und kraftloser wirkte, schaute ihn an und lächelte versonnen. „Das wäre … super."

„Na dann ist doch alles geklärt", lachte Dirk-Werner, übertrieben enthusiastisch, „ich gebe dir gleich Bescheid, wenn es losgehen kann. So, wie deine Musik boomt, sollte sich der Chef um deine Gedichte reißen..."

Das war fraglich – und Dirk-Werner wusste es sehr genau. Thaddäus Fülfe, der Chefredakteur, war etwa so romantisch wie ein Schlagloch. Für ihn zählten Fakten, Unglücke, Katastrophen und vor allem Werbeeinnahmen. Es würde ein schweres Stück Arbeit werden, diesen Eisblock zur Veröffentlichung von Liebesgedichten zu bewegen, ganz egal, wer die schrieb.

„Was du mit meiner Geschichte anstellst, ist dir überlassen. Es wird dir eh niemand glauben." „Mag sein", erwiderte Dirk-Werner, „ich denke, es ist vielversprechender, die Gedichte zu bringen und vielleicht ein wenig von der Idylle zu erzählen, in der du lebst."

„ … natürlich unverfänglich", fügte er hastig hinzu, als er sah, wie sich die Augenbrauen seines Gegenübers krausten.

Langsam senkte sich der Abend herab und die beiden Männer trennten sich.

Kai verabschiedete seinen Freund am Gartentor und lief dann zum Haus zurück, während Dirk-Werner in sein Auto stieg und zurück fuhr, in die bunt erleuchteten Straßen der Stadt.

Wie schon erwartet, erwies es sich als schwierig, dem Chefredakteur die Idee mit der Gedichte Rubrik nahe zu bringen.

„Wir sind ein Organ der seriösen Information", brummelte Fülfe, der feist hinter seinem Mahagonischreibtisch thronte.

„Aber der junge Mann ist momentan in aller Munde. Er verkauft Musik, wie andere Leute Schrauben – kiloweise."

„Hach ja", zischte der Chef, „was sind wir heute wieder eloquent, Hagens. Apropos, wo ist eigentlich das Interview mit der Schnalle, die von dem Islamisten bedroht worden ist?"

Dirk-Werner zuckte zusammen. Das war zur gleichen Zeit angesetzt gewesen, wie sein Gespräch mit Kai. Er hatte es total verpennt.

„Die hat wohl keine Veilchenverse zu bieten, was?", geiferte der Fette im Chefsessel.

„Ich mache mich gleich auf den Weg", versprach Dirk und erhob sich.

„Wenn sie aus der Hexe eine gute Story herausquetschen, verspreche ich ihnen einen Versuchsballon mit dem Gedichteschreiber", rief ihm der Vorgesetzte hinterher, als er aus der Redaktion stürzte.

Die Dame, die Dirk-Werner interviewte, war ein Bild heiliger Empörung. Sie wetterte gegen Staat und Ordnungskräfte, die solchen 'Wilden' hier ein Aufenthaltsrecht zugestanden. Dabei war die Begebenheit insgesamt völlig harmlos gewesen. Ihr Nachbar, ein aus der Türkei eingewanderter Kurde, hatte sie gebeten, ihre – längst trockene - Wäsche von der Leine zu nehmen, die von allen Einwohnern des Mietshauses gemeinsam genutzt wurde, weil er selbst ebenfalls gewaschen hatte.

Als sie sich geweigert hatte, hatte er die Textilien vorsichtig abgenommen und sie ordentlich in einen Korb gepackt, den er ihr vor die Tür stellte. Sie hatte ihn zornig zur Rede gestellt und behauptet, er habe unsittliche Dinge mit ihrer Unterwäsche angestellt. Als ihre Tiraden nicht enden wollten, war dem Mann der Kragen geplatzt und er hatte gerufen: „Ich bin nicht in ihr christliches Land gekommen, um mich an ihren Klamotten zu vergreifen. Suchen sie sich einen anderen Mann, wenn sie einen brauchen!"

„So ein Mistkerl, schreit hier im Hause umher, und tut als sei ich eine Hure!", ereiferte sich die unattraktive Mittvierzigerin, die Dirk-Werner bei einem Kaffee aus dem guten Geschirr an ihrem Wohnzimmertisch gegenübersaß.

Ihre Aufmachung, die sicher Ausdruck höchster Ehrsam- und Redlichkeit sein sollte, konnte, gemeinsam mit dem unprofessionell und viel zu dick aufgetragenen Make-up, tatsächlich einen solchen Eindruck entstehen lassen.

Auch das tief dekolletierte Kleid wirkte nicht sehr keusch. Sicher hatte die Frau die Kleidungsidee den einschlägigen Klatschblättern entnommen, in denen 'Kleid' oft beinahe synonym mit 'oben ohne' war.

Dirk-Werner verabschiedete sich und fuhr zurück in sein Büro, wo er in mühseligem Kampf aus dem Rohmaterial eine Terroristenstory herauswürgte, reißerisch getitelt:

„Der Schläfer von nebenan? - Islamist beschimpft christliche Hausfrau"

Es ging gegen zehn Uhr abends, als er endlich seinen Laptop zuklappte und sich auf den Heimweg machte.

Als Dirk-Werner am nächsten Morgen, leicht verspätet, in der Redaktion auftauchte, wartete Thaddäus Fülfe bereits auf ihn.

„Na, da haben sich die Nachtstunden aber gelohnt", lobte er, „Das ist es, was unsere Leser wissen wollen. Solche Schweinereien müssen wir uns nicht gefallen lassen. Auch die Art, wie sie das

Ganze unverfänglich rüberbringen, passt."

„Schön, schön", brummelte Dirk-Werner und drängte an dem Chef vorbei, in Richtung seines Schreibtisches. Dann fiel ihm das Versprechen wieder ein und er setzte hinzu:

„Ich rufe dann schon mal den Dichter an."

„Es ist aber nur ein Test", erinnerte Fülfe, bevor er in seinem Raum verschwand.

Die 'Kai Wilmers' Rubrik schlug ein, wie eine Bombe. Tagelang liefen die Telefone heiß und die Leserinnen forderten weitere Werke. Fülfe orderte zehn Gedichte, die er in Wochenabstand drucken ließ.

Die Abonnentenzahlen wuchsen.

Schon kamen Anfragen nach einem täglichen Erscheinen der Rubrik.

Und der Dichter lieferte, der Dichter (er-)lebte … Zumindest nahm Dirk-Werner das an, denn abgesehen von der Lyrik kam nichts von Kai.

Die Auflage der früher unbedeutenden Zeitung schoss förmlich in die Höhe. Dirk-Werner erhielt eine ansehnliche Gehaltserhöhung.

Doch vorgestern waren die Gedichte plötzlich ausgeblieben. Niemand wusste, was geschehen war. Dirk Werner machte sich am Abend auf, den Freund zu besuchen.

Als er er sich dem Gartengrundstück näherte, sah er den Notarztwagen, ein Streifenfahrzeug und den Caddy eines Händlers. Der Lieferant, ein kleiner, kahlköpfiger Mann, sprang aufgeregt zwischen Polizisten und Ärzten umher und jammerte: „Nein, ach nein! So ein netter junger Mensch. Was hat er nur getan!"

Dirk-Werners Herz schlug bis zum Hals, als er den Garten betrat. Sofort kam ihm ein Polizeibeamter entgegen und fragte nach seinem Begehr.

„Ich bin ein Freund und war beunruhigt, weil er sich nicht meldete", gab er an.

Aus dem kleinen Haus trat der Fahrer eines Krankentransportes, den Dirk-Werner erst jetzt ein wenig weiter die Straße hinab stehen sah. Er kam herbeigerannt und schwenkte einen weißen Umschlag.

„Sind sie zufällig Herr Dirk-Werner Hagens?", schnaufte er, ganz außer Atem, vom schnellen Laufen.

„Ja", bestätigte der Angesprochene, „Warum?" „Wir haben diesen Umschlag im Haus gefunden." Er übergab das Papier.

„Was ist denn geschehen?", fragte der Reporter. „Das wissen wir noch nicht genau", antwortete der Polizist, „wir nehmen an, dass er sich vergiftet hat. Es gibt keine Spuren von Gewalteinwirkung."

Dirk-Werner war geschockt. Wie im Traum machte er die Angaben, um die man ihn bat, hinterließ seine Adresse, Mailadresse und Telefonnummer und wankte zu seinem Auto. Fast automatisch fuhr er los und gelangte irgendwie nach Hause.

In seinem Wohnzimmer goss er sich einen großen Weinbrand ein, entzündete die Kerzen auf dem geschmiedeten Leuchter, den er sich aus Irland mitgebracht hatte und nahm in seinem weichen Sessel

Platz. Er nahm einen Schluck von dem scharfen Getränk und ließ die Flüssigkeit langsam die vom Schrecken trockene Kehle hinunter rinnen, ehe er das Kuvert öffnete und las:

„Lieber Dirk-Werner,

Ich schreibe Dir diese Zeilen, weil ich Dir die glücklichste Zeit meines Lebens, aber auch meine größte Verzweiflung verdanke.

Deine Idee, die Gedichte in der Zeitung abzudrucken, war genial. Sie gab mir die Chance, meine Geliebte täglich um mich zu haben. Anfangs war ich außer mir vor Glück. Nach einer Weile aber begannen sich Bedürfnisse zu regen, die unerfüllbar bleiben mussten, denn das, was ich gern mit ihr getan hätte, konnte ich weder als Lied, noch in einer bürgerlichen Tageszeitung als Gedicht veröffentlichen.

Ich hatte eine Frau mit dem Körper einer Göttin, konnte aber keine Erfüllung finden. In meiner Not verfiel ich darauf, einige Gedichte an ein Erotikmagazin zu senden. Diese wurden abgelehnt und man bat mich, ''... den berühmten Dichter Kai Wilmers'' nicht mit Erotik zu parodieren...

Ich bin dieses Daseins müde und werde ihm deshalb ein Ende setzen. Dir gebührt beides, mein Dank und mein Fluch. Lebe wohl, mein Freund.

P.S.: Als Andenken hinterlasse ich dir ein paar der Verse, die Du so bewundert hast.

In Memoriam

Tod!

Du hast ihn ihr genommen,
als ihn das Leben nicht mehr hielt.
Ein Sein, in Plato glatt verspielt.
Doch wird fortan sie täglich kommen, zum Ort, der
seine Seel' enthielt.

Am kleinen Haus setzt sie sich nieder
und Tränenfluss teilt ihr Gesicht.
Es lindert Schmerz, doch bringt es nicht zurück
den Freund, den niemals wieder.
Zerbrach der Krug, der beider Glück enthielt.

Ein jeder Tag dem andren gleicht,
seit er von hinnen sich geschlichen,
die Lebenssegel hat gestrichen.

Im Grabe sein Gebein jetzt bleicht.
Und ihr ist alle Lust entwichen.
Nun sitzt sie dort, wo sie vereint
gewesen, noch vor kurzer Zeit.
Und aus dem Teufelskreis befreit sie nichts,
ganz gleich, wie oft sie weint.

Kai Wilmers."

Dirk-Werner ließ das Blatt sinken. Eine Träne tropfte darauf und verwandelte einige Buchstaben in wässrige Kleckse.

In dieser Nacht konnte er nicht schlafen, wälzte sich in seinem Bett herum. Schließlich erhob er sich, zog sich an und fuhr hinaus, zum Garten des toten Poeten.

Als er dort ankam, traute er seinen Augen nicht.

Vor dem flachen Gebäude saß, in einem weiß schimmernden Kleid, ein Traum von einer Frau, elfengleich, eine Göttin, Aphrodite ebenbürtig.

Sie weinte.

Heimkehr

Alles schläft, im Heim für abgelegte Menschen. Sie nicht. Sie ist entkommen, in mondloser Nacht. Nun erstreckt sich vor ihr die Straße – zu ihm hin.

Jung war sie damals, jung und hübsch. Sie hält inne, betrachtet das vergilbte Foto, das sie, in einem schäbigen Etui, immer bei sich trägt. Zu dieser Zeit erschien "ein langes Leben" ihr noch als erstrebenswerte Perspektive.

Heute hat sie mehr Leben hinter sich, als sie sich gewünscht hätte – und nichts vor sich, das sie noch so zu nennen bereit wäre. Hermann van Veen singt: "Einsam, zweisam, dreisam – und am Ende ganz allein." Ob der weiß, wie sich das anfühlt?

Ein Freund, vor 25 – nein – 28 Jahren verstorben, hat ihr einen Steinsplitter mit einem Fossilieneinschluss geschenkt. Der ruht nun, gemeinsam mit anderen Überbleibseln, in der abgetragenen Handtasche – ihrem einzigen Gepäckstück.

Wie lang darf ein "langes Leben" sein? Sie weiß es: auf jeden Fall kürzer als das ihre. Man sagt, dass die Fähigkeit zu vergessen ein Segen sei. Ein bitteres Lächeln zeichnet sich auf dem Falten durchfurchten Gesicht ab. Was bleibt, wenn die Erinnerungen gehen?

Das Regiment der Heimordnung und 5 Minuten Sozialkontakt am Tag, lautet die Antwort. Altenheime *bewohnt* man nicht, ist eher *Insasse*. Sie ist zur Last geworden. Der Welt und - vor allem - sich selbst. Deshalb hat sie sich aufgemacht; zu ihm.

Das Ortseingangsschild ist längst zurückgeblieben. Gut, dass das Heim am Stadtrand steht. Mit jedem Schritt verblasst die Lichtglocke der Straßenlaternen und Leuchtreklamen. "*Und das schwarze Auge der Mitternacht*", kommt ihr plötzlich eine Gedichtpassage in den Sinn, in vergessener Zeit gelesen.

Schwarze Augen, deren Wärme sie so oft umfangen hat. Seine Augen. Sie verlässt die Landstraße und betritt den Rundwanderweg, bei dessen Einweihung sie ihm damals begegnet ist. Hier, unter den Bäumen, lässt sich das Licht der Stadt nur noch erahnen. Mit schlafwandlerischer Sicherheit folgt sie dem Pfad zum kleinen Weiher; ihrem Platz. Die schwarzen Augen erwarten sie.

Plötzlich zuckt sie zusammen. Für den Hauch eines Momentes scheint der Blick, dem sie entgegeneilt, starr und kalt. Der Schreck fährt ihr in die Beine, lässt sie straucheln.

Wie die Haut einer Zwiebel pellt sich das Verdrängte hervor. Zu klar das Bild von diesem Moment, in dem der Glanz schwindet, letzter Lebensfunke weicht – aus seinen Augen.

Stimmen dröhnen in ihren Ohren: "Hau ab, Kanake! Deutschland den Deutschen! Pfoten weg von unseren Frauen!" Sie ertastet eine Bank, lässt sich, schwer atmend, nieder. Langsam beruhigt sich ihr Gemüt. Er wird da sein, am Weiher. Wie immer. Mit einiger Mühe steht sie auf und geht weiter.

Seine Familie stammte aus Guayana, lebte aber schon seit undenklichen Zeiten in Frankreich. Sie hatten sich einen bescheidenen Wohlstand erarbeitet, der ihm ein Studium in Deutschland ermöglichte. Dort hat sie ihn getroffen.

Wieder locken seine schwarzen Augen. Der Weg fällt leicht ab, wird beschwerlich. Sie spürt das Herz gegen die Rippen trommeln, so wie damals, wenn sie durch den Wald zu ihm flog. Er wird warten.

Ein Nachtvogel schreit schauerlich.

Da ist es wieder, das Glotzen toter Augäpfel. Jetzt fällt ihr auch ein, wie das Gedicht weiterging: "...starrt näher und näher". Eine unsägliche Angst schnürt ihr die Kehle zu. Wie wird sie ihn vorfinden? Über ihr Denken stülpt sich eine Szene.

Die waren zu fünft. Noch ehe sie beim Weiher anlangte, hörte sie Tumult, konnte aber keine Worte ausmachen. Eine böse Vorahnung trieb sie vorwärts. Die Kraft reichte gerade bis zur Uferwiese. Dort standen sie. Schwarze Kleidung, schweres Schuhwerk, fast eine Uniform. Einer trat auf etwas ein, das sie nicht richtig erkennen konnte.

Schnaufend und durchgeschwitzt taumelte sie hinzu – und erkannte ihn. Er lag verkrümmt am Boden und keuchte schwer. Sein Gesicht war blutig, die Lippen zerfetzt. "JACQUES!", schrie sie und sank neben ihm nieder. Seinen Kopf in den Armen haltend, nahm sie nicht wahr, wie die Schläger im Wald verschwanden. "Ha...nn...ah", hörte sie ihn röcheln. Einen Augenblick lang hob er die verschwollenen Lider und schenkte ihr den letzten schwarzäugigen Blick.

Die Gegenwart drängt sich in die Wahrnehmung. Er wird da sein. Sicher wartet er schon. Sie ignoriert das Stechen in der Brust ebenso, wie die Tränen, die ungehemmt durch die Täler ihres Gesichtes rinnen.

Der Mond tritt mit einer Sternenschleppe hinter dem letzten Wolkenfetzen hervor. Er wird ihr Zeuge sein. Zwischen den Bäumen blinkt die Wasserfläche hindurch. Nur noch wenige Schritte, dann wird sie bei ihm sein.

Am Ufer steht ein dunkelhäutiger junger Mann. Er schaut über das Wasser. Als sie die Lichtung betritt, wendet er sich um und breitet lächelnd die Arme aus. Sie wirft sich ihm entgegen, landet in seinen Armen, sucht – und findet - seinen Blick. Doch der ist leblos. Ihre Knie knicken ein, alles dreht sich um sie.

Er fängt sie ab, stützt sie. Sein Gesicht ist ihrem genau gegenüber. Sie möchte schreien, hält aber erstaunt inne, als ein blauer Lichtstrahl vom Mond direkt in seine Augen fällt. Wie Frühnebel hebt sich der stumpfe Schleier.

"Das schwarze Auge der Mitternacht.", denkt sie und taucht ein, in die neue Wärme seines Blickes. Sie ist heimgekehrt, von ihrem langen Leben. Zu ihm.

Schwester Sieglinde tritt ins Stationszimmer. "Frau Krämlich ist tot. Sie liegt in ihrem Bett – und lächelt.", verkündet sie. Schweigen breitet sich aus, wächst, bis Julia, die Praktikantin es bricht: "Ist ja ein Ding! Genau zu ihrem Geburtstag. Wie alt wäre sie denn geworden?"

"Einhundertdrei Jahre.", erwidert Schwester Hildegard. "Ich glaube, dieser Tod war ihr bestes Geschenk.", fügt sie nachdenklich hinzu und schaut zum obligatorischen Blumenstrauß am Fenster hinüber, den sie gestern besorgt hat.

dies irae

„Sie bestreiten also jegliche Beteiligung", sagte der Anwalt, „Wie erklären sie sich dann die Tatsache, dass die Spur der Verwüstung, die ihre … Freunde … hinterließen, genau ihrem Weg durch die Stadt folgt?"

Der Angeklagte hob ratlos die Schultern. Dadurch sah der spillerige kleine Mann einem zerfledderten schwarzen Spatzen ähnlich. Man hätte hingehen und ihn in den Händen bergen mögen.

„Ihr Zeuge."

Der Verteidiger lehnte eine Befragung seinerseits ab. Weitere Zeugen wurden aufgerufen.

Der kleine Mann im schwarzen Anzug verlor das Interesse am Geschehen, seine Gedanken wanderten. Er hasste die Stadt. Grau und verwinkelt entzogen sich ihre Straßenschluchten allem Licht. Nachts, wenn die funzligen Gaslaternen brannten, erschien einem die Umgebung beinahe heller, freundlicher, als am Tage, wenn der Blechmoloch stockender Transportation seinen giftigen Atem ausspie.

Die Ruine, in der der Mann hauste, lag abseits selbst der beleuchteten Wege. Ein verfallenes Gemäuer, in der wuchernden Wildnis einstigen Gartenbaus verborgen. Die beiden bewohnbaren Räume teilte er mit zwei anderen - und unzähligen Ratten.

Früher hatte das Haus der Tante eines Schulkameraden gehört. Früher …

Sie hatten große Pläne gehabt, die Freunde. Goldsucher, Abenteurer wollten sie sein. Einer, Ethan oder Ernest oder so ähnlich, wollte Präsident werden. Mindestens aber Gouverneur.

Sie waren weg. Tot, verschollen, vom Schicksal wer weiß wohin verschlagen. Nur er war noch da. Gold hatte er gesucht – und sogar gefunden. Aber dann war die Krise gekommen, hatte alles verschlungen.

Stumpf hatte ihn das Schicksal gemacht. Alle Kämpfe verloren, alle Verluste erlitten; das war sein Leben. Nur manchmal, wenn sein Weg ihn durch die beleuchteten Viertel bis an den Rand der Zivilisation führte, dann kam dieser Hass hoch und brannte sich mit ungeahnter Kraft seine Bahn.

So war es auch an jenem Tage gewesen.

Sean Flannagan, der vierschrötige Ire aus dem Speisezimmer – ja, sie nannten die beiden Höhlen noch immer nach ihrer früheren Bestimmung – hatte ihm etwas zugerufen, ehe er auf seinem rostigen Fahrrad davon gekeucht war. „Job, … 54te und Montgomery, … Russel …"

Da hatte er sich in seinen schwarzen Anzug gepackt, die ausgelatschten Schuhe blank gewienert und war losgegangen.

Die Menschenmassen, die sich um ihn schlossen, hatten ihn beinahe erdrückt. Der Strom riss einen mit, in die momentan vorherrschende Richtung. Mühsam hatte er sich orientiert und war letztendlich, verschwitzt und derangiert, in der 54. Straße angelangt. Ein schwarz beschlagenes Messingschild hing schief neben dem lichtlosen Maul eines Wolkenkratzers:

'Gordon Russel, Labour Agency'

Das Büro lag im 32. Stock. Der Aufzug war defekt. Irgendwo zwischen 17. und 23. hatte er den Gedanken gehabt, diese Tortur sei vielleicht schon eine Art Eignungstest. 'Survival of the fittest ...' Der Warteraum war so überfüllt gewesen, dass es schon beinahe akrobatischer Geschicklichkeit bedurfte, noch hinein zu gelangen. Er war dünn und wendig. Flannagan hätte es sicher nicht geschafft.

Die nächsten Stunden hatten aus dumpfer Warterei bestanden, unterbrochen nur vom Gedränge, wenn ein Bewerber versuchte, nach draußen zu gelangen. Die Mittagszeit war längst vorbei gewesen, als die Sekretärin des Agenten den Verbleibenden mitgeteilt hatte, dass alle Jobs vergeben seien. Die Nachricht hatte einige Augenblicke gebraucht, um jeden zu erreichen. Dann hatte sich der Brei aus enttäuschten Kreaturen ins Treppenhaus ergossen.

Als er wieder auf die Straße getreten war, hatte die Wut zugeschlagen. Glasklar stand das Bild vor seinem geistigen Auge. An der gegenüberliegenden Ecke befand sich ein Juweliergeschäft, aus dem just in diesem Augenblick eine Dame mit ihrem Kavalier trat. Eine schwarze Gestalt trat hinzu, den Kragen des

Mantels hochgeschlagen, einen zerknautschten Hut ins Gesicht gerückt. Etwas blitzte auf, bevor die beiden Verliebten Blut überströmt zusammenbrachen.

Der Schwarze war nun plötzlich vor dem Eingang eines Herrenausstatters. Ein Krachen, Splittern. Die Masse wurde panisch. Überall tauchten schwarze Hutgestalten auf, traten, schlugen, stachen, schossen.

Der kleine Dünne lief, eng an Häuserwände gepresst, von fliehenden Passanten angerempelt. Stolpernd, keuchend, schwitzend erreichte er die Grauzone, Niemandsland zwischen surrealem Chaos und Realität. Nur einen Augenblick der Besinnung wollte er sich gönnen, das rasende Herz stillen. Ein Säufer kam aus der Tür getaumelt, schubste Ihn zur Seite und fing sich an einer Laterne ab. Er rutschte an dem stählernen Pfahl hinab und landete auf den Knien. Dann übergab er sich.

Als er sich wieder aufrichtete, stand ein Schwarzer über ihm und hieb auf seinen Schädel ein. Knochen knackten.

Der Dünne rannte los. Wie eine Flutwelle ergoss sich die schwarze Panik aus dem Geschäftsviertel in die Zwischenwelt. Polizeisirenen erklangen, Schüsse, Schreie. Die Szene verschwamm.

„Angeklagter!"

Der Verteidiger hatte ihn an der Schulter gefasst und rüttelte ihn leicht. „Erheben sie sich zur Urteilsverkündung!"

Stühlescharren, Murmeln.

Der Wachmann hievte den Dünnen auf die Füße.

„… ergeht folgendes Urteil. Wegen der Gründung einer terroristischen Bande mit dem Ziel, Angst und Chaos zu verbreiten, sowie Anstiftung zu Mord und Körperverletzung in 177 Fällen, sowie indirekter Verursachung von Sachschäden in Höhe von $1 273 755.56 wird der Angeklagte zum Tode verurteilt."

Der Dünne sah sich verständnislos um.

Langsam, ganz langsam breitete sich die Bedeutung des Urteils in seinem Bewusstsein aus. Aber, das ging doch nicht! Er hatte nichts getan. Er war geflohen, vor all der Gewalt.

Der Wächter griff nach der Hand des Verurteilten, wollte ihm die Handschellen anlegen.

„NEIN!", brüllte der Dünne in die Runde. Eine unbändige Wut wallte in ihm auf.

Hinter dem Richter erschienen zwei schwarze Gestalten.

Mit einem leisen *Pling...pling* landeten die Sicherungsbügel zweier Handgranaten auf dem Steinboden des Gerichtssaals.

Salvadore

Blausamtig und besternt umfängt die Nacht das Algerier-Viertel, wie der Stadtteil allgemein genannt wird. Die Häuser hier sind notdürftig saniert, üppig mit Grafitti aller Art verziert. Hundekot lauert auf den Bürgersteigen. Das Viertel bietet eine beliebte Route, entlang derer die Haustierhalter der Umgegend, ihre Lieblinge ausführen.

Die junge Frau erwacht. Sie lauscht in die Finsternis, durchdringt mit dem Ohr die Straßengeräusche, die Musik aus der Nachbarwohnung. Es bleibt ein leises Weinen aus dem Kinderzimmer. Ralf? Sie erhebt sich und tapst hinüber, öffnet leise die Tür. Ein letztes Schluchzen, dann Stille. Nur das Deckbett verrät ein unterdrücktes Zucken. Sie setzt sich leise auf die Bettkante und streichelt, was von dem lockigen Kopf unter der Decke hervorlugt. Langsam beruhigt sich der Kleine, schläft wieder ein. Sie zieht die Steppdecke von seinem Gesicht, steht auf und wankt in ihr ausgekühltes Bett zurück.

Regina Feritsch ist eine Frau unserer Zeit. Alleinerziehende Mutter, ungelernte Schreibkraft in einem mittelständischen Unternehmen, im ständigen Tauziehen zwischen Job und Kind. Der 10-jährige Ralf ist alles, was ihr von der schicksalsträchtigen Beziehung zu Ludowig geblieben ist. Die Ausbildung hat sie hingeworfen, als sie schwanger war. Nach endlosen Kämpfen mit den Eltern, die "so einen" nicht zum

Schwiegersohn wollten, ist sie ausgezogen – ins Algerierviertel, mit Ludowig.

Die Zeit war schwierig, aber auch schön. Er war ein liebevoller Vater, stolz auf seine "kleine Maman", wie er sie nannte. Doch die deutsche Bürokratie spielte ihre Spielchen mit ihm, man verlängerte halbjährlich seine Aufenthaltserlaubnis, ohne ihm eine Arbeitsgenehmigung zu erteilen. Der Schriftverkehr steht in zwei schweren Ordnern auf dem Schrank. Ludowig wurde mürrisch, begann, nachts durch die Gegend zu ziehen. Bis zu dem Morgen, vor gut zwei Jahren, an dem er ganz wegblieb. Nun ist sie mit Ralf allein.

Er ist ein stiller Junge, der keinen Anschluss findet, ja, offenbar noch nicht einmal welchen sucht. "Der feige Spinner aus dem Ausländerviertel", nennen ihn die Mitschüler. Er ist der Außenseiter, mit dunklem Teint und schwarzen Locken, stetes Ziel für Spott und grobe Scherze.

An der Schule, die Ralf besucht, gibt es nicht viele Ausländerkinder. Seine Mutter hat ihn dort eingeschult, weil das Gebäude an ihrem Arbeitsweg liegt. So, dachte sie, wäre sie nicht zu weit entfernt, sollte es einmal Probleme geben. Nun, es gibt tatsächlich welche, eines davon ist, dass viel zu oft Anrufe von der Schule kommen, was beizeiten den Unwillen der Kolleginnen hervorrief.

Ralfs "zweites Zuhause" ist die Kinderarztpraxis von Frau Dr. Mwahena. Von Ausschlägen bis zu Asthmaschüben reicht das Spektrum. "Psychosomatisch.", lautet das Urteil der Medizinerin, die zu einer Kur rät. Aber daraus wird nichts. Erstens bringt Regina die Vierhundertsechzig Euro Zuzahlung nicht auf, und zweitens weigert sich Ralf vehement, allein zu verreisen.

Mit dem Timbre einer Kreissäge schrillt der alte mechanische Wecker am Morgen los. Regina fährt aus den Kissen und bereitet das Frühstück. Anschließend duscht sie und weckt dann Ralf. Als er die Augen aufschlägt, ist ihr Tag gelaufen. Fiebriger Glanz blinzelt ihr entgegen. „39,6° C" zeigt das Thermometer. sie wird also mit ihm die Ärztin aufsuchen, zum zweiten Mal, in diesem Monat. Das gibt Ärger in der Firma. Verzweifelt eilt sie zur Hausapotheke, sucht etwas gegen die hohe Temperatur. Dann ruft sie ihre Büroleiterin an, versucht, ihr alles zu erklären...

Salvadore ist in der Firma das Packpferd, dem man bedenkenlos alle kniffligen Sachen aufhalst. Ein Einzelgänger, mit verkrümmten Schultern und immer einem Lächeln im Gesicht. Manche halten ihn für geistig behindert, andere für gefährlich, wenige für beides.

Wie alt er ist, weiß niemand genau. Das verschmitzte Blitzen, dass sich manchmal in seinen

Augenwinkeln zeigt, strafft das grau melierte Haar, seine abgeklärte Art und freundliche Zurückhaltung

Lügen. Er gehört zu jener Sorte Mensch, die einfach da ist, wenn man sie braucht. Leuten, die erst dann auffallen, wenn sie einmal nicht zur Stelle sind. Er hat keine Freunde im Unternehmen, aber auch keine Feinde. Er gehört einfach zur Szenerie, wie ein Aktenschrank oder Frau Bergers Palme im Foyer.

Regina mag ihn nicht besonders, hält sein Auftreten für arrogant. "Der ist was Besseres, immer von oben herab...", hat sie zu Barbara, ihrer Zimmerkollegin, gesagt, nachdem Salvadore diese – freundlich, wie immer – auf zwei kleine Unstimmigkeiten im Quartalsbericht hingewiesen hatte, die sicher Ärger provozieren würden, blieben sie unberichtigt.

Heute ist im Büro das Chaos ausgebrochen. Sieglinde von Hadern, die Abteilungsleiterin, hat einen wichtigen Termin verschwitzt. Sie wirbelt durch die Räume und ruft nach Salvadore. Als sie an Reginas Platz vorbeikommt, stutzt sie. "Wo ist denn die Feritsch?" Barbara zuckt die Schultern: "Weiß nicht. Vielleicht ist ihr Sohn mal wieder krank." Sie kichert hämisch.

Aus dem Nachbarzimmer kommt die Gruppenleiterin, Franziska Huber, herein und sieht sehr unglücklich aus.

"Salvadore ist krank und Regina sitzt mit ihrem Kind beim Arzt. Sie will anschließend noch kommen, weiß aber noch nicht, wie lange es dauern wird. Salvadore hat Rückenprobleme, irgendwas mit den Wirbeln. Er wird wohl für längere Zeit ausfallen."

Sieglindes Gesicht verliert alle Farbe. Sie hat die Papiere für die Verhandlungen mit dem Kunden noch nicht fertig und nachdem sie das Versäumnis festgestellt hatte, hieß all ihre Hoffnung "Salvadore". Doch selbst der lässt sie im Stich, fühlt sie. Sie wendet sich Barbara zu, die immer noch versonnen vor sich hin grinst.

"Barbara, Du wirst dich sofort an die Papiere für den Permatech – Auftrag machen. Die müssen in 45 Minuten tip-top und abgeheftet sein. Und wenn die Feritsch auftaucht, soll sie gleich zu mir kommen."

Gegen 11.30 Uhr kommt Regina mit ihrem kranken Spatz vom Arzt zurück. Sie legt ihn ins Bett und geht das Mobilteil des Telefons holen, das sie ihm auf den Nachttisch legen will. '1 Anruf', blinkt ihr der Hinweis vom Display entgegen. Sie aktiviert das Menü und wählt die Funktion "Mailboxabruf".

"Regina, hier ist Franziska. Sieh zu, dass Du schleunigst hier aufkreuzt, wenn Du den Job behalten willst. Hier brennt die Luft. Die Hadern tobt und will Dich umgehend sprechen. Das hört sich böse an. Beeil Dich! - Piiieeep."

Ein schneller Blick noch, auf den schlafenden Ralf. Sie legt ihm das Telefon bereit, hastet die Treppe hinab und fährt, ein Trümmerfeld aus gebrochenen Verkehrsregeln hinter sich auftürmend, in die Firma. Am Empfangstresen steht Salvadore, einen Krankenschein in der Hand. Er wirft der vorbei wehenden Frau einen besorgten Blick zu.

"Was ist denn passiert?", fragt er die Mitarbeiterin, die nach dem Gong, der das Eintreten eines Besuchers signalisiert. zum Tresen geeilt ist.

"Ach, es gibt Theater mit den Permatech – Unterlagen. Und die Feritsch macht wieder einmal auf 'Kind krank'. Kann sein, dass sie jetzt fliegt."

Salvadores Blick verschleiert sich. Ein wenig abwesend lächelt er der Empfangschefin zu und geht. "Komisch,", denkt diese, "der Buckel fällt einem sonst gar nicht so auf.". Das Klingeln des Telefons reißt sie aus ihren Gedanken, lässt den Alltag wieder über ihr zusammenschlagen.

Inzwischen ist Regina im vierten Stock angekommen und steht atemlos vor der Tür der Abteilungsleiterin. Zaghaft klopft sie an. "Herein!", bellt es von drinnen. Dicke schwarze Wolken scheinen durch das Schlüsselloch zu quellen. Das sieht wirklich übel aus...

Schnell streicht sich Regina noch einmal durchs Haar und tritt in die Höhle der Löwin.

Sie hat den Türgriff noch in der Hand, als das Donnerwetter auch schon losbricht: "Was glauben sie eigentlich, was wir hier sind? Ein Club der Freizeit - Tippsen? Ich habe ihre Unterlagen hier liegen. Sie waren im letzten Jahr sieben Mal wegen Ihres kranken Kindes abwesend, elf Mal sind sie von der Arbeit aus zur Schule gerufen worden, weil es irgendwelche Probleme gab. Vielleicht sollten sie sich eine Stelle mit freier Arbeitszeitgestaltung suchen. Hier gelten die Bürozeiten!"

"Ich habe niemanden für mein Kind. Bitte verstehen sie, dass ich nicht aus Faulheit oder bösem Willen fehle. Das sollte sich ja auch an meiner Überstundenstatistik zeigen."

"Das ist jetzt nicht das Thema. Wir erwarten von allen Mitarbeitern ein maximales Engagement für das Unternehmen. Kurz und gut, sollten sie noch ein einziges Mal fehlen, besonders in einer brenzligen Situation wie heute, werden wir uns von ihnen trennen müssen. Sie können gehen."

Tränen schießen Regina in die Augen. Das ist genauso, als hätte die Hadern sie gleich gefeuert, denn eine nächste Krankheit Ralfs ist praktisch abzusehen. Wortlos wendet sie sich um und verlässt den Raum.

Barbara empfängt sie mit einem giftigen Blick: "Na, heute kein Holiday?"

"Wie wär's, wenn du dich um deine Berichte kümmertest?", kontert die Angesprochene. "Salvadore ist nämlich krank. Der kann dich diesmal nicht retten." Den Rest des Arbeitstages verbringen beide in eisigem Schweigen.

Auf dem Heimweg erledigt Regina nicht nur den Einkauf, sondern beinahe auch einen Ford Fiesta, den sie beim Ausparken erst bemerkt, als ein scharfer Ruck durch das Fahrzeug geht. Der Fahrer parkt sein Auto wieder ein und steigt aus.

Es ist Salvadore. Trotz des Schreckens, den ihm Reginas Kollision eingejagt haben muss, kommt er lächelnd heran und sagt: "Na, das hätte aber schiefgehen können." sie, eben im Begriff auszusteigen, erstarrt. "Ausgerechnet der Herr perfekt!", schießt es ihr durch den Kopf.

Salvadore erkennt sie und meint: "Alles ok, Frau Feritsch? Was macht der Kleine?" Regina schrickt noch mehr zusammen. So ein Mist! Jetzt wird sie noch später heimkommen. Sie reißt sich zusammen und erwidert: "Oh, Salvadore. Das tut mir aber wirklich leid. Können wir nicht den Schaden ein anderes Mal regulieren? Ich muss dringend nach Hause." Wieder ein Lächeln.

"Das wäre denkbar. Allerdings kann es dann recht lange dauern, denn ich muss mich ein wenig pflegen, wegen meiner Wirbelsäule. Ich werde also für eine Weile schlecht erreichbar sein."

"Gedrechselt, wie immer.", denkt Regina, "Aber es hilft wohl nichts." Da kommt ihr eine blendende Idee. "Wie wäre es, wenn sie gleich mit zu mir nach Hause kämen? Wir könnten die Angelegenheit dort in aller Ruhe klären. Ich müsste mein Kind nicht alleine lassen und einen Kaffee oder Tee hätte ich auch noch anzubieten."

Salvadores Augen schießen einen kleinen Schalksblitz ab, der sein Gesicht für einen winzigen Moment jungenhaft keck erscheinen lässt. "Aber gern, wenn ich Ihnen nicht zur Last falle..."

Als sie die Wohnung betreten, entschuldigt sich Regina kurz und eilt zu Ralfs Bett. Er schläft, Schweißperlen auf der Stirn, die sich schon ein wenig kühler anfühlt. Einen Augenblick lang setzt sie sich daneben. Plötzlich hört sie in der Küche Geschirr klappern. Sie springt auf und eilt hinüber. In der Tür versteinert sie. Salvadore hat sein Jacket abgelegt und ist gerade dabei, das Frühstücksgeschirr zu den Tellern und Töpfen vom Vortag in den Geschirrspüler zu räumen. Er dreht sich halb zu ihr um und meint entschuldigend: "Ich dachte, sie würden eine Weile brauchen, da wollte ich mich ein wenig nützlich machen."

Regina ist ratlos. Soll sie toben oder sich freuen? sie beschließt kurzerhand, den Eingriff in ihre Privatsphäre zu ignorieren und setzt Wasser auf.

"Kaffee oder Tee?"

"Das ist mir gleich. Ich trinke, was sie wählen." Er nimmt leise stöhnend auf dem harten Küchenstuhl Platz und beobachtet interessiert die im gläsernen Wasserkocher tanzenden Luftblasen. Seine Augen schweifen durch den Raum. Als die Gastgeberin die Tassen auf den Tisch stellt, nimmt er die Bürde wahr, die auf dieser jungen Frau lastet. Der Kaffee dampft und wärmt.

"Man sagte mir, dass es in der Firma Probleme gibt, wegen Ihres kranken Kindes.", hebt er zwischen zwei Schlucken an. Sie erblasst. "Die wollen mich entlassen, falls ich noch einmal fehle. Aber ich habe niemanden. Meine Eltern haben mich rausgeworfen und Ralfs Vater ist verschwunden. Die Nachbarn haben ihre eigenen Probleme."

Salvadore hört schweigend zu. Dann atmet er tief ein und sagt: "Hören sie, ich habe einen Vorschlag. Ich bin jetzt einige Wochen lang krankgeschrieben. Wenn es Ihnen nichts ausmacht, könnte ich mich tagsüber um Ihren Sohn kümmern, ihn von der Schule abholen und ihm sein Essen bereiten. Natürlich ohne jede Verpflichtung. Ich bin alleinstehend, habe sonst niemanden. Abends gehe ich dann einfach nach Hause."

Nun ist es an Regina, eine Schweigeminute einzulegen. Schließlich schaut sie ihm direkt ins Gesicht: "Keinerlei Verpflichtungen?" Er nickt.

"Versuchen wir es erst einmal, bis er wieder gesund ist.", schlägt er vor. "Außerdem hat es für mich ja auch Vorteile, denn ich habe dann Gesellschaft. Ich bin es gewohnt, von morgens bis abends in der Firma zu sein. Womöglich fiele mir nur die Decke auf den Kopf, ganz allein daheim."

Wieder zeigt sich ein vorwitziger Funke in seinem Blick, der sie ein wenig irritiert.

"Eine Woche!", ringt sie sich ab, "Danach sehen wir weiter".

Aus Ralfs Zimmer dringen Geräusche. Noch ehe die beiden Erwachsenen sich erheben können, öffnet sich die Küchentür und eine blasse Gestalt wankt herein. Regina springt auf, greift sich die Decke, die immer auf der Sitzbank liegt, und legt sie ihrem Sohn um die Schultern. Er setzt sich auf ihren Schoß und betrachtet den fremden Mann. "Wer ist das?"

Salvadore beugt sich leicht vor, wobei ein winziges Zucken im Augenwinkel den Schmerz im Rücken ahnen lässt. "Mein Name ist Salvadore. Ich würde mich gern ein wenig um Dich kümmern, so lange Du krank bist. Deine Mutti muss arbeiten gehen und ich habe momentan keine anderen Verpflichtungen." Ein mattes Leuchten erhellt für einen Moment Ralfs käsiges Gesicht, wegen der seltsamen Ausdrucksweise. Seine Augen wandern zur Mutter.

"Natürlich nur, wenn Du einverstanden bist!", eilt sich diese zu beteuern. Ein zaghaftes Nicken entscheidet die Angelegenheit.

Nachdem Ralf gegessen hat, setzt sich Salvadore an sein Bett und beginnt, Geschichten zu erzählen. Tolle Geschichten – und so spannend, als habe er sie selbst erlebt. Inzwischen ist es draußen dunkel geworden und die ersten Sterne pieksen sich schon durch den Nachtsamt des Himmels. Die Schatten, die die kleine Nachttischleuchte an die Wand zaubert, ähneln Piraten, Königen, Indianern, Drachen ... Auch Salvadores Schatten scheint sich zu verändern. Der Buckel sieht jetzt viel größer aus, so als wölbe er sich spitz hervor.

Gegen Neun scheint Ralf eingeschlafen zu sein. Der Besucher erhebt sich leise von seinem Stuhl und bewegt sich in Richtung Tür. Als er die Klinke niederdrückt, murmelt das Kind: "Gute Nacht, Salvadore. Kommst Du morgen wieder?"

"Gern", antwortet er und geht ins Wohnzimmer hinüber. Dort sitzt Regina, müden Blickes und ein wenig unsicher. Sie fragt: "Was wird nun mit dem Auto?" Salvadore lächelt freundlich. "Ich schlage vor, dass wir morgen darüber sprechen."

Am nächsten Morgen kommt Salvadores Klingeln der Eruption des Weckers zuvor. Schnell blockiert Regina das Läutwerk und eilt zur Sprechanlage. "Ich zieh mir nur schnell was über." Aus dem Lautsprecher kratzt die Antwort: "Kein Problem. Nehmen sie sich Zeit. Es ist herrlich frisch und die Sonne scheint."

Dennoch absolviert sie eilig die Morgentoilette, verabreicht Ralf seine Tropfen und ist – zumindest scheint ihr das so – in Nullkommanix ausgehfertig. Sie lässt Salvadore ein und überreicht ihm einen Schlüssel. "Schönen Tag dann." Er nickt freundlich und schaut ihr vom Fenster aus einen Moment lang nach, als sie auf die Straße tritt.

Dem Jungen geht es schon wieder bedeutend besser. Das Fieber ist fast verschwunden und auch der Appetit kehrt langsam zurück. Gut gelaunt steht Ralf nach dem Frühstück auf und setzt sich auf das breite Sofa. Als er aber gewohnheitsmäßig nach der Fernbedienung greift, schreitet Salvadore ein: "Ich habe einen Vorschlag zu machen. Wir könnten gemeinsam ein wenig lernen." Ralf friert das Gesicht ein. "Ooooch, ich bin ja noch krank." Das Lächeln im Gesicht seines Betreuers gewinnt an Breite: "Lass uns wetten. Ich behaupte, dass Du nach dem heutigen Lernpensum morgen von ganz allein ein weiteres wünschen wirst."

Ungläubig schaut der Junge den Mann an. "Wie soll das denn gehen? Gut. Ich halte dagegen. Was soll der Einsatz sein?" "Der Gewinner legt fest, was wir am kommenden Wochenende unternehmen. Der Verlierer muss ohne Murren teilnehmen." Salvadore reicht dem Jungen die Hand, in die dieser – ein wenig zögerlich – einschlägt.

Sie beginnen mit Ralfs schwächstem Fach, der Mathematik. Aber der Junge traut seinen Augen und Ohren kaum, als Salvadore beginnt, vom Rechenmeister Adam Ries zu erzählen, genau so lebendig, wie die Geschichten gestern Abend. Doch nicht nur das, im Verlauf der Geschichten erarbeiten sie sich die gleichen Erkenntnisse, die Adam Ries und andere alte Mathematiker gewonnen haben. Die Theorie wirft ihren Grauschleier ab und erschließt sich in ihrer ganzen einfachen Schönheit.

Ehe sie sich dessen bewusstwerden, ist die Mittagszeit vergangen. Das Telefon läutet. Ralf nimmt den Hörer ab. Regina ist am anderen Ende und erkundigt sich, ein wenig besorgt, wie denn alles so läuft. "Alles roger, Mutti!", trompetet der Junge ins Mikrofon.

"Huh! Dir scheint es ja wirklich schon viel besser zu gehen. Wie kommst Du mit Herrn Salvadore zurecht?" "Der ist klasse! Tschüß, bis heute Abend." Ehe die Mutter noch irgendetwas sagen kann, hat er die Verbindung unterbrochen. Ein deutlich hörbares Knurren seines Magens erinnert an die aktuellen Notwendigkeiten.

Die beiden Männer hängen sich nun Schürzen um und legen los. "Eierkuchen?", schlägt Ralf vor, weil er die schon ganz gut hinkriegt. "Omelette.", erwidert Salvadore. Da müssen beide lachen. Mit Elan gehen sie ans Werk. Und es klappt auch wirklich alles ganz prima. Schließlich haben sie in ihrem Eifer einen riesigen Berg Eierkuchen produziert. Salvadore schafft drei, Ralf gibt nach dem zweiten auf. Nun liegen noch sieben Stück auf dem Teller. Ratlos schauen sich die beiden an.

"Ich weiß etwas!", grinst Salvadore. "Wir bewirten die Nachbarn." Zuerst mag Ralf sich mit diesem Gedanken nicht recht anfreunden. "Mittag ist doch schon vorbei.", versucht er einzuwenden. Aber Salvadore lässt sich nicht beirren. "Wie viele Personen wohnen denn nebenan?" "Fünf, glaube ich. Aber drei müssten in der Schule sein." "Also brauchen wir noch drei Eierkuchen", damit dreht sich Salvadore um und beginnt, neuen Teig anzurühren.

Die Nachbarin ist erstaunt. Mit dem Teller in beiden Händen erkundigt sich Ralf, während Salvadore sich im Hintergrund hält, ob die Familie vielleicht Appetit auf Eierkuchen hätte. Etwas umständlich erklärt er, dass diese frisch und überzählig seien. Langsam hellt sich das skeptische Gesicht der Frau auf. Plötzlich umarmt sie Ralf und plappert auf Französisch drauflos, während sie die beiden Männer in die Wohnung führt. Die ist nicht größer als Reginas, dennoch leben hier drei Personen mehr. Abgeschabte Möbel und hinfällige Stühle beherrschen das Bild, das sich den Besuchern bietet. Noch immer redet die Frau.

Ralf dreht sich verunsichert zu Salvadore um, der ihm grinsend zunickt und dann beginnt, der Frau in ihrer Sprache zu antworten. Ralf staunt: "Was der alles kann..." Nach einer Weile liefert Salvadore auch gelegentlich Übersetzungen für Ralf, so dass dieser sich am Gespräch beteiligen kann. Wieder fliegt die Zeit dahin. Die Tochter und die beiden Söhne der Familie kommen von der Schule nach Hause und stürzen sich sofort auf die leckeren Kuchen. Nun wird es auch für Ralf noch interessanter, denn die Kinder sprechen Deutsch.

Plötzlich springt Salvadore auf, als habe ihn eine Wespe rückwärtig angepiekst. Er eilt nach nebenan und kehrt nach wenigen Minuten zurück. "Ich habe nur einen Zettel für Deine Mutti an der Tür befestigt, damit sie uns finden kann." Und das ist gut so. Etwa eine Stunde später klingelt Regina an der Tür und wird gleich hereingebeten. Die algerische Frau bereitet ein Abendessen und lädt die Nachbarn wortreich ein. Man unterhält sich, mit vereinter Unterstützung der Kinder, die sich in dieser Rolle offensichtlich wohlfühlen. Die Nachbarin bietet an, sich gegebenenfalls um den kranken Ralf zu kümmern.

Als die drei Gäste sich endlich verabschieden, ist es schon nach 21.00 Uhr. Müde verschwindet Ralf im Bad und anschließend, mit kurzem Zwischenstopp in Muttis Armen, im Bett.

Die zurückbleibenden Erwachsenen schweigen sich eine Zeit lang an. "Wie lief es in der Firma?", fragt Salvadore schließlich. "Viel Stress. Wie sich herausgestellt hat, hat Frau von Hadern selbst den Termin mit den Leuten von Permatech versaubeutelt", erwidert Regina.

"Aber in ihrer Position darf einem das offenbar schon mal passieren!", fügt sie bissig hinzu.

„Einige haben nach Ihnen gefragt. - Nicht mich, versteht sich." Hintergründiges Lächeln. "Ja, man fehlt nur, wenn man fehlt", philosophiert Salvadore.

"Wie war es mit Ralf?" "Super. Wir haben Mathematik geübt." "Wirklich?" - Regina ist verblüfft. "Und wir haben gewettet. Wenn er morgen von allein weiterüben will, darf ich festlegen, was wir am Wochenende unternehmen." Reginas Blick wird ernst. "Ich dachte, er sei mein Sohn und ich lege fest, was in unserem Leben geschieht." "Ohne Zweifel", kommt die prompte Antwort. "Deshalb werden wir gemeinsam planen, was ich ihm vorschlagen soll." Sie denkt einen Moment lang nach und schüttelt dann den Kopf: "Ich lass mich überraschen."

Als die Sonne am nächsten Tag ihre ersten Strahlen über den Horizont sendet, sitzen drei Menschen um den morgendlichen Kaffeetisch. Salvadore hat vom Bäcker frische Brötchen mitgebracht. Diesmal verabschiedet sich Regina leichteren Herzens. Als sie auf die Straße tritt, schaut sie noch einmal nach oben. Dort am Fenster stehen winkend Ralf und Salvadore. Irgendwie beruhigt sie das, gibt ihr Kraft für den Tag.

Im Büro herrscht dicke Luft. Offensichtlich hat Barbara das Gerücht ausgestreut, Regina vernachlässige ihr Kind, ließe Ralf trotz Krankheit unbeaufsichtigt zu Hause. Regina muss ein wenig grinsen, als die nur zu gutgläubigen Kolleginnen sich demonstrativ von ihr abwenden. Das gibt ihr Gelegenheit, konzentriert zu arbeiten, ohne die Unterbrechungen durch den allgegenwärtigen Tratsch. Der brandet nun rings um sie her und schlägt stinkende Wellen. "Wisper, wisper, tuschel, tuschel. Was? Das ist ja unglaublich..."

Die beiden ‚Männer' merken von all dem nichts. Nachdem sie die Küche in Ordnung gebracht, Ralfs Reich aufgeräumt und das Wohnzimmer gesäubert haben, fragt Salvadore, was sie nun unternehmen wöllten. Das Wort "Mathe" hat die Lippen des Jungen bereits passiert, bevor der bewusste Gedanke seine Entstehung vollenden konnte. Mit einem breiten Grinsen holt Salvadore eine Goldpapier–Medaille aus seiner Jackentasche und drapiert sie sich an rotem Seidenband genüsslich um den Hals. 'Sieger' verkündet die geprägte Aufschrift. Der Junge stutzt einen Moment, ehe er losprustet. Dann beginnen sie mit einer Reihe von Spielen, die das Zahlenverständnis verbessern. "Eigentlich macht Mathe Spaß.", denkt Ralf.

Wieder ist die Mittagszeit verstrichen, als sich ihre Mägen bemerkbar machen. Diesmal gibt es Röstkartoffeln, allerdings gerade ausreichend für zwei hungrige Personen. Mit gut gefüllten Bäuchen hängen die beiden anschließend auf ihren Stühlen. "Was werden wir am Wochenende unternehmen?", bricht Ralf endlich das satte Schweigen. Ein wenig schwerfällig erhebt sich Salvadore von seinem Platz, reißt das Fenster auf und seufzt: "Frischluft, Sonne, Vogelgesang, Grün. So muss ein Wochenende sein." Einen winzigen Wermutstropfen im Augenwinkel bleibt Ralfs schweifender Blick an der Wohnzimmertür hängen, hinter der sich das Fernsehgerät befindet. Die darauf abgelegte Programmzeitschrift kündigt die letzte Folge seiner Lieblingsserie an...

Als Regina, nach reichlich Überstunden, heimkehrt, darf sie natürlich als erstes Salvadores Medaille würdigen. Die drei essen gemeinsam, ehe Ralf ins Bett verschwindet. An diesem Abend ist es Reginas Aufgabe, noch eine Geschichte vorzulesen. Nach dem Gutenacht-Kuss meint Ralf: "Den Salvadore hätte ich gern zum Vati." Erschrocken sitzt die Mutter auf der Bettkante. An eine neue Beziehung, schon gar mit dem viel älteren und noch immer ziemlich fremdartigen Mann in der Küche, hat sie keinen Gedanken verschwendet. Sie war bisher froh, dass sich das Verhältnis so unverkrampft gestaltete.

Das Wochenende ist so sonnig und warm, wie Salvadore es am Küchenfenster vorhergesagt hat. Sie fahren zu dritt an den Stausee hinaus. Dort besteigen sie den alten Aussichtsturm, von dessen Plattform sie einen herrlichen Blick über die gesamte Umgebung haben. Ralf findet einen Stecken, in dessen Rinde ihm Salvadore indianische Muster schneidet. "Das ist der Stab des Häuptlings Toponka – Watonka, des Freundes des großen Bären.", erklärt er dem begeisterten Jungen. Sie beobachten verschiedene seltene Wasservögel und fotografieren einen bunten Frosch, der, fast unsichtbar, im Schilf sitzt.

Am Sonntag sind sie schon früh morgens wieder unterwegs. Ein altes Schloss ist ihr Ziel.

Vom Hauptgebäude aus gelangt man über einen schmalen Weg auf dem Felsenkamm zum Pavillon der Geliebten des ehemaligen Grafen. Ein wenig schummerig ist es Ralf schon, als ihnen mitten auf dem Kamm einige ältere Leute entgegenkommen. Mit einiger Mühe manövrieren sich die beiden Gruppen auf dem geländerlosen Kamm aneinander vorbei. Beim Abstieg ins Tal weiß Salvadore wieder die spannendsten Legenden aus der Geschichte der Region zu berichten. Selbst Regina lauscht atemlos.

Irgendwann ist jedes Wochenende einmal zu Ende. Auf der Heimfahrt essen sie in einer kleinen Dorfgaststätte zu Abend. Ralf wird immer stiller, je näher sie der Stadt kommen. "Morgen muss ich wieder zur Schule.", sagt er kleinlaut. "Aber morgen ist doch Dein großer Auftritt als Rechenkünstler!", erwidert

Salvadore, ohne den Jungen wirklich aufmuntern zu können. Wieder in der Wohnung eingetroffen zaubert der Mann plötzlich eine Mappe aus der Innentasche seiner Jacke. Sie enthält ein paar der Geschichten, die er Ralf über Adam Ries erzählt hat. "Hier, damit kannst Du morgen Deine Klassenkameraden unterhalten", meint er. Ralf ist glücklich. Noch nie hat er den anderen irgendetwas Besonderes zu bieten gehabt. Diesmal erzählt Salvadore zwei Tiergeschichten. "... und seitdem wohnt der Frosch am Ufer des Stausees.", schließt er. Aber der Junge ist längst ins Reich der Träume entschwunden.

An diesem Abend sitzen die Erwachsenen noch eine Weile bei einem Glas Wein zusammen. "Wie geht es weiter?", fragt Regina plötzlich. "Ralf wird Freunde finden", verspricht der Mann, der schon lange nicht mehr "der bessere Herr perfekt" für Ralfs Mutter ist. "Vielleicht", zweifelt sie. "Ganz sicher. Sie werden sehen...", beteuert er. Sie lächelt und sagt: "Willst Du mich nicht Regina nennen?" "Gern. Prost, Regina." Zwei Paar leuchtender Augen spiegeln sich in den Gläsern.

Ralfs Geschichten schlagen am nächsten Tag ein wie eine Bombe. Die Schüler sitzen gebannt in ihren Bänken, als er von den Rechengesetzen erzählt. Dafür ist seine Rückkehr nach Hause ziemlich ernüchternd. Kein Salvadore erwartet ihn, sondern auf dem Tisch liegt ein Zettel von seiner Mutter: "Herr Salvadore muss zum Arzt. Er kommt wahrscheinlich morgen nicht vorbei. Es wird heute spät. Brate Dir bitte die Fischstäbchen und mach Dir Püree dazu. Mutti."

Lustlos setzt sich der Junge an die Hausaufgaben. Draußen lacht die Sonne, die gleiche, wie am Wochenende... Endlich hat er die Aufgaben fertig. Er trägt die Schultasche in sein Zimmer. Auf der Schwelle stehend traut er seinen Augen kaum. Da liegt ein neuer Fußball, nebst einem Zettel: "Ich glaube, die Nachbarsjungen spielen nicht schlecht. Leb wohl. Salvadore"

Er schnappt sich den Ball und eilt über den Flur. Auf sein Klingeln hin öffnet ihm Jean-Paul, der jüngere der beiden Brüder. "Wollen wir spielen?", quetscht Ralf hervor. Wortlos wirft Jean-Paul krachend die Tür zu. Man hört ein Poltern. Ohne es zu bemerken hat der Junge im Hausflur die Luft angehalten. Erst nach einigen Augenblicken beginnt der Körper, sein Recht einzufordern. "Pfffffffff!", prustet Ralf und will gerade in die Wohnung zurückkehren. Mit einem satten "Rumms!" fliegt die Tür wieder auf und zwei Jungen kommen herausgestürzt. "FERTIG!"

Schon von weitem hört Regina an diesem Abend das Geschrei im Hinterhof. Sie beschleunigt ihre Schritte. Als sie um die Ecke biegt, kracht neben ihrem Kopf ein schlammiger Ball an die Hauswand. Einer der dreckverschmierten Fußballer ruft mit Ralfs Stimme: "Freistoß!" Und gleich darauf: "Hallo Mutti! Darf ich noch ein wenig draußen bleiben?" "Hrchh.", bringt sie heraus, denn ihr Hals wird von einem dicken Kloß blockiert. Bleibt nur ein Nicken, dann rennt sie nach oben. Der Junge soll ihre Tränen nicht sehen.

Salvadore betritt seine kleine Wohnung. Er schaltet das Licht ein, setzt den Teekessel auf den Gasherd. Seine Jacke hängt er fein säuberlich auf den Bügel, verstaut ihn in seinem Koffer. Ab morgen wird er in Turin wohnen. "O sole mio ...", trällert er vor sich hin.

Er legt das Hemd ab und tritt vor den Spiegel. Der Buckel verschwindet, als er sich wohlig streckt. Das Grau weicht aus seinem Haar und von den Knittern bleiben nur ein paar Lachfältchen im Augenwinkel zurück.

Und mit einem kräftigen "Flupp" entfaltet sich ein mächtiges Paar weißer Schwingen.

Der Termin

Es war mucksmäuschenstill im Raum. Man hätte die fünf Gestalten, die rings um den Küchentisch saßen, für Puppen halten können, so reglos verharrten sie. Alle starrten ein verschlossenes Glas an, in dem sich -laut Etikett - Schoko-Nuss-Brotaufstrich befand. Der sichtbare Inhalt war appetitlich schokoladenbraun.

 Es handelte sich um eine Familie: Mutter, Vater und drei Töchter, die mit verhaltenem Atem das Glas beobachteten.

Auf dem Tisch befanden sich auch zwei Wecker, ein digitaler, mit knallroter LED-Anzeige und ein alter mechanischer, mit einem riesigen Läutwerk am oberen Ende. Beide zeigten die gleiche Zeit: 12:30 Uhr. Das Ticken des alten Mechanos schallte wie Böllerschüsse durch die Szene, schien Echos zu werfen.

Plötzlich wurde die Wohnungstür aufgeschlossen. Unruhe wallte auf. Basti, der Sohn, trat in den Vorsaal, krachte seine Schultasche in die Ecke und erstürmte die Küche. Wortlos nahm er sich den letzten freien Stuhl, ließ sich darauf fallen und erstarrte ebenfalls. Sein Blick wechselte zwischen Glas und Wecker, sichtlich aufgeregt.

TICK machte der mechanische Apparat und *Klack* sprang der Weckstop des digitalen Gerätes heraus. Beide gingen los und verursachten einen unerträglichen Lärm. Mareike, die jüngste aus dem

Mädchenkreis brachte in Windeseile beide zum Schweigen und fixierte sofort wieder das Glas.

Keiner der sechs wagte zu atmen.

Der Minutenzeiger des mechanischen Weckers glitt auf die vierunddreißigste Minute zu.

Mit einem dumpfen *POFF* sprang der Deckel von dem Glas und es verteilte sich auf dem ganzen Tisch grünlicher, stinkender Schimmel.

Vater prustete, nahm den Deckel zur Hand, schaute darauf und erklärte stolz: "Toll. Auf die Minute." "Ich hätte es nicht geglaubt", meinte Mutter. Die Mädchen kicherten und Basti pfiff leise.

Der Vater legte den Deckel wieder auf den grün besprühten Tisch und ging, Kaffee zu kochen. Auf dem Rand der metallenen Scheibe konnte man deutlich lesen: ‚Verfallsdatum: 29. Juni 2016, 12:34'.

Mimikry

Isolde Humpermeyer war überrascht. Seit vielen Jahren war sie Standesbeamtin in der kleinen Stadt Mickelsheim, aber noch nie hatte jemand bei ihr eine Namensänderung beantragt. Nun saß auf dem Stuhl vor ihr eine nette junge Frau und wollte genau das tun. „Wie lautet bitte ihr aktueller Name?", fragte sie freundlich.

„April May", kam die Antwort, wie aus der Pistole geschossen.

Für einen winzigen Augenblick war Isolde versucht, dem Zucken der Mundwinkel nachzugeben. Dann hatte sie sich wieder im Griff. 'Hoffentlich hat sie nichts bemerkt', dachte sie, 'Wer in aller Welt kommt denn auf eine solche Schnapsidee?'

„Haben sie noch zusätzliche Vornamen?"

Kurzes Schweigen, dann kam es fast unhörbar: „Ja." Isolde stutzte. Hatte die Kleine ihre Belustigung doch wahrgenommen? „Bitte nennen sie mir ihren kompletten Namen, inklusive aller Vornamen!"

„April June Juliet May."

„Nein!", entfuhr es Isolde.

„Doch."

Die Frau entnahm ihrem Citybag einen Hefter, schlug diesen auf und schob ihn über den Tisch.

Fein säuberlich in eine Plastikfolie eingelegt sah man dort die Taufurkunde:

Täufling:

April June Juliet **May**

Mutter:

 Hertha May, geborene Hutzlich

Vater:

 John William May

Isolde erkannte das Problem. Der Vater war wohl Amerikaner. Bei denen kamen solche Eigenarten sicher öfter vor. Sie reichte die Mappe zurück und lächelte ihre Klientin freundlich an. „Welche Änderung haben sie sich denn vorgestellt?"

Die Frau schaute ernst drein. „Wissen sie, es hat mich schon als Kind gestört, dass die Leute nicht mit meinem Namen klar kommen… Deshalb möchte ich künftig so heißen."

Sie entnahm dem Rucksack ein Blatt, das sie der Beamtin übergab. Isolde schaute auf das Papier und schnappte nach Luft, weil auf dem Bogen gedruckt stand: *EHPRILL*.

Stabile Verbindung

Doktor Janssen war ratlos. Er hatte alles versucht, was man sich nur vorstellen konnte, aber das rechte Auge des Patienten war irreparabel beschädigt. Ein weißlicher Film hatte den Augapfel überzogen, wodurch eine völlige Blindheit hervorgerufen wurde.

Herbert Leemeier, der Patient, konnte sich das Ganze ebenfalls nicht erklären. Am letzten Freitag, mitten auf der Autobahn, war es geschehen. Er hatte, des Nieselregens und der einsetzenden Dämmerung wegen, das Licht eingeschaltet und in diesem Moment das Augenlicht auf der rechten Seite verloren. Nur mit Mühe war es ihm gelungen, das Fahrzeug auf der Straße zu halten.

Seine Frau hatte ihn zur Rettungsstelle gebracht, von wo aus man ihn sofort in die Augenklinik eingewiesen hatte. Aber alle bisherigen Untersuchungen waren erfolglos geblieben. Nun saß Herbert Leemeier in seinem Bett und lauschte unter Kopfhörern seiner Lieblings-Radiosendung.

Es klopfte an der Tür. „Herein", rief Herbert und nahm die Kopfhörer ab. Seine Frau trat herein und legte Schal und Mantel ab, bevor sie an das Bett trat und ihm einen Begrüßungskuss aufdrückte.

"Ich habe eben das Auto in die Werkstatt gebracht. Der rechte Scheinwerfer ist defekt", erzählte sie. "Der Meister hat gesagt, in einer Stunde haben sie die

Lampe gewechselt." Leemeier erwiderte: "Ja, das geschieht häufig, im Herbst und Winter, denn da werden die Lampen stärker ..."

Plötzlich griff er sich ans Auge, zwinkerte heftig und schüttelte den Kopf.

"Glaub es oder nicht, ich sehe wieder", rief er, sprang auf und rannte, an seiner verdutzten Gattin vorbei, auf den Flur, dem Ärztezimmer zu.

Einige Minuten später kehrte er in Begleitung des Chefarztes, Doktor Janssen, zurück und küsste seine Frau. Der Arzt blickte ungläubig drein und sagte: "Wir können uns das noch nicht erklären, aber das Auge ihres Mannes ist in einwandfreiem Zustand, so, als sei es nie anders gewesen."

Aus der Handtasche an der Garderobe tönte das Klingeln eines Telefons. Herbert Leemeiers Frau erhob sich und nahm das Gespräch an. Aus dem Gerät ertönte die laute Stimme des Kfz-Meisters: "Alles wieder in Ordnung, sie können den Wagen abholen."

Fühlen für später

"Au!"

Mit weit aufgerissenen Augen lag Gert in seinem Bett und rieb sich die brennende Wange. Er schaute sich um. Leeres Zimmer, kein Mensch, alles wie immer. Ächzend erhob er sich von seiner Schlafstatt und wankte ins Bad. Irgendwie fühlte sich alles seltsam an. Die plastene Seifendose vermittelte metallische Kühle, die Klobrille schien mit Stoff bezogen zu sein...

Im Spiegelbild zeichneten sich fünf rote Finger auf seiner Wange ab! Er konnte sich nicht erinnern, woher die stammten.

Es war beängstigend. Alle Gegenstände schienen plötzlich aus anderem Material zu bestehen. Lederner Brotlaib, Kaffee, der sich ätherisch, wie Cognac, anfühlte. Er griff nach dem lack-hölzernen Mobilteil des Telefons, wählte die Nummer seines Hausarztes und vereinbarte einen Termin für den Vormittag. Anschließend rief er bei Kathrin an, die ihm seit Jahren bester Kumpel gewesen war. Zumindest hatte er nie einen Gedanken daran verschwendet, dass sie mehr wollen könnte. Als sie abnahm, bat er sie, ihn zur Praxis zu begleiten.

Eine halbe Stunde später erwartete ihn die junge Frau vor dem Haus. Sie war zu Fuß, weil man ihr vor zwei Tagen das Auto gestohlen hatte. Gert war immer noch verwirrt. Es war, als sei sein Fühlen durcheinandergeraten. Sie überging seine Gesichtsdekoration schweigend. Er würde ihr sicher davon erzählen, wenn er wollte. Und das tat er, auf dem Weg zur Haltestelle.

In der Straßenbahn waren die meisten Plätze besetzt. Als das Gefährt anfuhr, ging ein leichter Ruck durch den Waggon. Gert, in die Analyse seiner Tastwahrnehmung versunken, war darauf nicht gefasst, strauchelte und griff zu. Seine Hand landete genau auf Kathrins Brust. Die holte reflexartig aus und verpasste ihm eine schallende Ohrfeige.

 Halt suchend griff er nach der Lehne des einzigen freien Sitzes und ließ sich auf die stoffüberzogene Sitzfläche plumpsen, total verwirrt, denn erstens spürte keinen Schmerz und zweitens schien Kathrin in der Oberweite betoniert zu sein.

Kathrin war nicht minder erschrocken. "Tut mir leid.", sagte sie immer wieder. An der nächsten Station stiegen sie aus und schlenderten zu einem kleinen Bistro, in dem sich Gert auf einem Leder bezogenen Stuhl niederließ, der sich beim Heranziehen wie Haut anfühlte und - auf den Schreck - einen Cognac bestellte. Noch immer tanzten seine Wahrnehmungen einen wilden Reigen.

Anschließend spazierten sie gemächlich zur Praxis, wo glücklicherweise wenig Betrieb herrschte. Auf seine ausdrückliche Bitte hin begleitete Kathrin ihn auch ins Behandlungszimmer. Doktor Freiermann hörte geduldig zu und erhob sich anschließend, um aus seinem Aktenschrank ein dickes Buch zu greifen. In diesem blätterte er eine Weile schweigend und schaute schließlich auf.

"Mir scheint, wir haben es hier mit einer unglaublich seltenen Störung zu tun. Ich konnte hier nur einen einzigen Fall finden. Man nennt diese Erscheinung 'taktile Präzeption'. Das bedeutet, dass ihr Tastsinn

Ihnen zukünftige Eindrücke signalisiert. Bei dem erwähnten Fall verschwand die Störung der Perzeption von selbst wieder, wobei der Vorgang einer Art Einschwingen nicht unähnlich war. Es gibt - schon wegen der Seltenheit und des damit verbundenen Mangels an Forschungsergebnissen ..."

Er unterbrach sich und schaute Gert an, dessen Kopf sich dermaßen gerötet hatte, dass man den Handabdruck kaum wahrnahm. Der Patient schwitzte und brachte gerade noch ein gestammeltes "... Toilette ..." heraus. Dann sprang er auf und eilte - seltsam staksig - aus dem Raum...

Der Arzt wandte sich nun an die - ebenfalls ziemlich perplexe - Kathrin und besprach mit ihr seine Einweisung in das örtliche Krankenhaus, zur Beobachtung.

Die Heimkehr verlief ohne größere Zwischenfälle. In Gerts Wohnung angekommen, verschwand dieser unter der Dusche. Als er aus der Kabine trat, stand Kathrin, fast ein wenig verschämt, im Evaskostüm vor ihm. Sie nahm seine Hand ... "Jetzt darfst Du das", lächelte sie.

Er nahm sie in den Arm, begann sie zu streicheln. Nichts tat sich. Kathrin war verunsichert.

Gert fasste sich nachdenklich an die Wange, dann flackerte Erkenntnis in seinem Blick auf. "Shit!", presste er zwischen den Zähnen hervor.

Die zarteste Versuchung ...

„Na toll", stöhnte Ernst Haft, der neue Dezernatsleiter der ebenso frisch zusammengestellten Abteilung für dauerhaft Ungeklärtes. Der vierzigjährige, sportlich attraktive und als sehr tüchtig bekannte Hauptkommissar der Knoffelner Polizeidirektion war beruflich bisher stets geradlinig aufgestiegen. Allerdings hatte es da diese kleineren Affären mit Kolleginnen gegeben, die ihn auf diesen eher unliebsamen Posten befördert hatten.

Immerhin hatte er nun ein eigenes Büro im neuen Gebäude und seine Assistentin war nicht ohne. Er legte die Fotos beiseite und schüttelte erneut den Kopf. Irgendwie beschlich ihn, gestandener Mann, der er war, immer ein Gefühl der Peinlichkeit, wenn er, außerhalb seines eigenen Sexuallebens mit Präservativen zu tun hatte. Schon diese schamlose Werbung: „Unentbeehrlich" - unter einer kondomverhüllten Erdbeere. Und ein im Gummi ersticktes Haustier half dem Widerwillen nicht ab.

Einen Moment lang schaute er noch die kleine, laminierte Karte an, die wohl nur ein Scherz sein konnte, denn man las:

'Traumhaft gut, der Milkamann, schlafe süß, bald bist DU dran!'

Und umseitig fand sich ein Telefoncode: *0190-SCHOKOLADE ...*

Wie aus den Dokumenten ersichtlich, hatten die damaligen Ermittler alles versucht, den Fall zu klären. Doch jegliche Spur hatte in die Irre geführt. Auch die Telefonnummer war nie vergeben gewesen. Haft schlug den Ordner zu und warf einen kurzen, halb verschämten Blick – in den Ausschnitt seiner Sekretärin, die gerade dabei war, die Stapel der „Ungelösten" in die noch stinkenden Schränke zu sortieren.

Sie schaute auf und lächelte, als sie seine Blickrichtung bemerkte. Das versprach interessant zu werden, denn im Gegensatz zu dem emanzigen Drachen, der zuletzt die Schreibarbeiten für ihn und seinen Raumteiler Guido Schnüffelmann erledigt hatte, zeigte sich dieses Weibchen nicht konsterniert oder auch nur beunruhigt. War sich ihrer Wirkung auf Herren offenbar wohl bewusst.

Und die war garantiert: Traumfigur südländischer Prägung, mit warmen braunen Augen und einem Schopf langen schwarzen Haares, das bis zu den Hüften hinab wallte.

„Ich denke, wir machen Schluss, für heute", beeilte sich der Ertappte vorzuschlagen. „Fein", samtete ihr Alt, „ich wollte heute ein wenig ausgehen" ...

Es wurde ein schöner Abend, der nahtlos von Bar zu Bett führte. Dort allerdings erwartete ihn, kaum war er, nach gemeinsam genossenen Freuden, eingenickt, ein entsetzlicher Alptraum.

Ein lilafarbener Milchlaster verfolgte ihn, gesteuert von dem im violetten Johannisbeer-Präser erstickten

Zwerghamster, dessen Fallunterlagen er am Nachmittag studiert hatte. Wie ein Gartengnom sah der aus, den Rand der Gummihaut nach oben gerollt, so dass die Spitze zipfelartig wippte. Ein dämonisches Grinsen entblößte zwei riesige Schneidezähne.

Haft rannte los, versuchte, Haken schlagend, dem querfeldein hoppelnden Gefährt zu entkommen. Vergeblich; näher und näher donnerte der Brummi, bis der Flüchtling erkannte, dass am Fahrerhaus des Trucks zwei riesige nackte Brüste hingen, die wie ein Wasserwerfer die im Tank befindliche Milch nach allen Seiten verspritzten. Gerade noch konnte sich der gejagte Mann im Hechtsprung seitwärts vor dem Überrollen bewahren.

Mit tosendem Motor rollte der Lastkraftwagen vorbei, um wenige Meter entfernt eine scharfe Kehre zu vollführen, wie bei einem mittelalterlichen Lanzenturnier. Doch halt, da war kein Tank, sondern eine gigantische lila Kuh, die Melkmaschine am wogenden Euter.

Klatsch, Klatsch, schlug die Milchfontäne auf ihn ein...

Er erwachte durchnässt – glücklicherweise nur vom Schweiß, den der Traum in wahren Strömen hatte fließen lassen. Durch das geöffnete Fenster drangen leise die ersten morgendlichen Verkehrsgeräusche von der zwei Etagen unterhalb liegenden Straße herauf. Sein Blick glitt zur grün leuchtenden Anzeige des

Radioweckers. *5:23*, las er und ließ sich auf das Kissen zurücksinken. Aus dem Nachbarbett kam die tastende Hand der Sekretärin herüber, die, wusste er nun, Liane Rank hieß; sehr passend, fand er.

Eine Runde Kuscheln konnte jetzt nicht schaden, entschied er und rutschte keck hinüber. Seine Hände begannen, den Körper der scheinbar Schlummernden zu erkunden, tasteten sich die Schulter hinauf, über die Schlüsselbeine und fanden ... die rhythmisch zuckende Melkmaschine!

Er riss die eben noch genüsslich geschlossenen Augen weit auf, die Hände zurück und fuhr hoch, bemüht, im trüben Licht beginnender Dämmerung Einzelheiten auszumachen.

„Waaass issst?", zischelte eine kehlige, raue Stimme, die nicht ihre sein konnte. Auch sie richtete sich auf und er starrte in die unnatürlich hervorgequollenen Augen eines Hamsterkadavers. Ein unglaublicher Gestank verbreitete sich um die beiden bewegungslosen Gestalten. Pures Grauen ließ Ernsts Nackenhaar drahtig abstehen.

Heißes Verlangen überkam ihn plötzlich und unwiderstehlich. - Wegstoßen, nein, Erstechen, Meucheln, Zerstückeln...! Völlig seiner Umgebung unbewusst griff er den Radiowecker und schmetterte ihn auf den haarigen Schädel.

Der Nachbar, den Ernst Haft sonst allmorgendlich mit dem Auto ein Stück mitnahm, rief die Polizei, als auf sein Klingeln und Klopfen niemand reagierte. Er erinnerte sich, von einer Art Kampflärm erwacht zu sein, dem Totenstille gefolgt war.

Man fand den Wohnungsinhaber allein, in einer Ecke seines Schlafzimmers kauernd, wild vor sich hin stierend und „Milkamann" murmelnd. Der Einsatzwagen brachte Haft, der sich willenlos führen ließ, in die geschlossene Abteilung der örtlichen psychiatrischen Klinik. Die Zusammenhänge konnten nach dem Protokoll der Hypnotherapie rekonstruiert werden, die Prof. Dr. M. Orpheus durchgeführt hatte.

Wie der Vorgesetzte, Oberkriminalrat Erwin Mittler, der Presse mitteilte, bemühte man sich redlich, den geschätzten Kollegen wieder zu stabilisieren. Der Junggeselle werde nach der Entlassung aus der Anstalt eine Weile bei seiner Verwandtschaft wohnen, erklärte er. Ob er den Dienst bei der Kriminalpolizei irgendwann wiederaufnehmen konnte, war noch ungeklärt.

Von der Sekretärin fehlte jede Spur, ebenso, wie eine Akte betreffend einen im Kondom verendeten Hamster nirgends entdeckt werden konnte.

Mittler schaute traurig drein, legte die Personalakte in die kleine Ablage, wo bereits zwei ganz ähnliche Dokumentationen ruhten. In beiden Fällen handelte es sich um erfolgreiche Kommissare, die einen Hang zu ihren weiblichen Untergebenen erkennen lassen hatten. Und immer hatten sie durchgedreht, nachdem sie zu „Ungeklärtes" versetzt worden waren.

Babette trat mit dem Nachmittagskaffee herein, ein Bild von einem Weib. Ihr volles Haar umspielte das Natur gebräunte Gesicht mit vollen, knallrot geschminkten Lippen. Einziger Makel waren die etwas zu groß geratenen Schneidezähne. Aber das machten andere Partien ihres Körpers mehr als wett. Während sie den Kaffee eingoss versank sein Blick in ihrer leicht klaffenden Bluse. Was für ein Glück, dass er die Scheidung von Ulla im vergangenen Monat über die Bühne gebracht hatte. Damit war er frei, für ein kleines Bisschen Spaß. Der etwas korpulente Polizist erhob seine Tasse und nickte seiner Assistentin leicht zu, die sich, verführerisch lächelnd, zurückzog.

„Ahhh", seufzte er, als der heiße Sud die Kehle hinab rann. Sein Blick senkte sich auf den laminierten Tassenuntersatz auf dem Schreibtisch und ließ ihn erstarren.

'Traumhaft gut, der Milkamann, ...'

Das Wort ...

"He, Susanne"

"Was ist, Schatzi?"

"Nenn mir einen Kürbis mit 'W'!"

"Bitte!"

"Das fängt doch mit 'B' an!"

"Ich weiß. Du hättest es aber sagen können."

"Was?"

"Bitte."

"So ein Quatsch. Erstens bin ich hier der Hausherr und zweitens lass ich mir von dir gleich gar nicht vorschreiben, was ich tu und sage, klar? Und jetzt sag mir den Kürbis mit 'W'!" "Nein. Wenn du mir so kommst, kannst du lange darauf warten." "Na schön, ich hab ein dickes Fell. Dann sagst du mir eben nichts. Juckt mich nicht die Bohne." "Schön, dass wir das geklärt haben."

Susanne nimmt sich eine Rätselzeitung und füllt souverän Feld um Feld. Schließlich hat sie schon eine Menge Rate-Kurse mitgemacht. Der Haus-Herr bemerkt es, steht auf und versucht, ihr über die Schulter zu linsen. "Kannst du das bitte lassen? Dieses Herumgehopse macht mich ganz wuschig." "Was soll denn das? Du hast mir hier nichts vorzuschreiben." "Na schön." Die Hausfrau nimmt das Telefon und ruft ihre Freundin an. "Ja, Hallo Irene. Ich hab gerade ein wenig gerätselt, im *Wochenend*... Ja, gern. Also, die einkeimblättrige Pflanze in 12 Senkrecht ist die Banane. Genau, dann erhältst Du in 15 Waagerecht den Dingo." Sie wirft einen kurzen Blick auf ihren brummelnden Gatten. "Nein, Wolf ist schon da. Aber er hat wiedermal seine Pascha-Anwandlung. Dabei hat er noch nicht einmal das Rätsel im 'RateMAX' raus." Aus dem Hörer dringt ein gedämpftes Kichern.

Plötzlich steht der erfolglose Rater hinter seiner Frau und beginnt zu wettern. "Wieso macht sich eigentlich hier jeder über mich lustig? Ich bin der Hausherr! Und Deine ewige Telefoniererei kostet ohnehin nur sinnlos Geld. Mein Geld!"

Susanne zuckt mit den Schultern und beendet das Telefonat. Ihr Herrchen nimmt, den Kopf in dunkle Wolken gehüllt, wieder Platz und kaut am Bleistift. Sie studiert die Sonderangebote beim "Nudl"...

"Sag mir jetzt gefälligst das beschissene Wort", tobt der verhinderte (Rätsel-) König wieder los. Schweigend verlässt die Frau den Raum in Richtung Speisekammer. Man hört sie kurz hantieren, dann kehrt sie zurück.

Sie tritt an den zorngeröteten Hausbesitzer heran und stülpt ihm schwungvoll eine ausgehöhlte Wassermelone über den Schädel.

"Bitte."

... Du hast ...

Es stank so stark, dass seine Nase nichts Anderes mehr wahrnehmen konnte, als dieses ätzende Gemisch. Unsicher, ständig nach allen Seiten sichernd, streunte er zwischen verbogenen Metallteilen und halbzersplitterten Glasfragmenten umher, seine Beute mühsam mit sich schleifend. Eine trübe Laterne flackerte im Nachtschwarz, als könne sie sich noch nicht zum völligen Verlöschen entschließen.

Der Wind jammerte zwischen hochgetürmten Blechen und alten Rohrstummeln. Irgendwo tropfte Flüssigkeit gleichmäßig in ein Becken oder eine Pfütze. Im Hintergrund schwang das Tau eines Flaschenzuges in der Brise, brachte die ungeölte Umlenkrolle zum Quietschen. Langsam, beinahe majestätisch, kam eine riesige schwarze Wolkenwand angesegelt. Sie legte ihren dick quellenden Leib vor die letzten Sterne, rekelte sich matt und plusterte sich selbstvergessen.

Ein feiner Niesel setzte ein, der ihn innerhalb weniger Minuten durchnässte. Trotz der Anstrengung beim Bewegen seiner Errungenschaft konnte sein Körper nicht mehr genügend Wärme produzieren. Er zitterte und das Nackenhaar stellte sich auf. Linker Hand lockte – von größeren Blechteilen bedeckt – eine Art Tunnel. Dort würde es trocken sein und auch ein wenig windgeschützter. Die Zähne fest zusammengebissen, wuchtete er das Gewicht seiner Beute zu dem engen Durchschlupf, der sich als zu schmal erwies.

Aber das war ihm gleich. Er kroch rückwärts und zerrte seinen Ballast mit allen Kräften hinterdrein.

Das Weiß der Hülle war längst schon einem öligen Graubraun gewichen. Egal, der Inhalt zählte. Und der hieß Leben; Über-Leben. Eigentlich war es zum Lachen, stellte man sich den Zorn des Huber-Bauern vor, wenn er den Verlust am Morgen bemerkte. Aber er lachte nicht, niemals. Nachdem er sich ein wenig verschnauft hatte, begann er erneut damit, das schwere Etwas in die kleine Grotte zu ziehen. Es schien fast aussichtslos.

Links, Rechts, Links, Rechts, riss und rüttelte er. Der Überbau des Schlupfwinkels hatte bedenklich zu schwanken begonnen, aber das bemerkte er nicht. Wieder und wieder zog er aus Leibeskräften. Und wirklich, mit einem letzten goßen Ruck hatte er es geschafft. Der Schwung ließ ihn einige Schritte rückwärts taumeln. Dabei streifte er ein Gittergerüst, wohl einen alten Kühlergrill. Der rutschte im Ölschlick weg und mit einem Donnern stürzte eine Blech- und Glaslawine auf ihn herab.

Als das Krachen und Poltern endlich aufhörte, war von ihm und seiner Beute nichts mehr zu sehen. Schaurig tremolierte der Wind durch die neu entstandene Schrottskulptur, begleitet vom leise hallenden Tropfen...

***

Johann Bärngerber stieg aus dem Auto, gerade als die Sonne über dem Gipfel des nahegelegenen Altmannsbergs hervorlugte. Der Schrottplatz wandelte sich vom bedrohlichen Massiv in ein feucht glänzendes Kunstwerk, auf dessen gläsernem Juwelenbesatz und bunten Lackrest-Schmuck winzige Lichtreflexionen tanzten. Stille lag noch über dem Gelände. Die Kühle entfachte die Vorfreude auf den Kaffee, den er sich, gemeinsam mit seinem Kollegen Frieder allmorgendlich einverleibte.

Er entfernte das Vorhängeschloss am Gittertor, stieg wieder ein und fuhr bis zur Bürohütte. Während er sich umzog, traf Frieder ein. „Hast du schon gesehen? Der große Blechhaufen ist eingestürzt." „Ja. Das war zu erwarten. Wir hätten ihn schon lange verladen sollen." „Ok, dann machen wir das nachher. Willst Du den Kran übernehmen?" „Meinetwegen. - Ist der Kaffee soweit?"

Grinsend reichte Frieder den emaillierten Kaffeepott hinüber. Als die Tassen geleert waren und das Geschirr gewaschen, begannen die beiden Männer mit der Verladung des wüsten Gerümpelberges. Gerade hatte der Greifer ein großes Blech erfasst, als Frieder kurz erstarrte und dem Kranführer zu verstehen gab, er solle aussteigen und sich etwas Besonderes anschauen.

Johann legte die Platte im Container ab und schaltete den Motor aus. Frieder konnte ein leichtes Grinsen nicht unterdrücken, als sein Kollege heranstapfte und fragte: „Was gibt's denn?" Er wies auf die freigelegte Kuhle.

„Na sowas", murmelte Johann, als er nahe genug heran war, um zu sehen, was dort lag.

Ein zerquetschter Fuchs – die gestohlene Gans noch im Fang.

Weihnacht

Aus Richtung Weihnachtsmarkt dudelt, vom Fenster gedämpft, das Gemisch aus Tradition und Volks-Pop-Schlager. Der Mann schaut sich um. In der Ecke steht der bequeme Sessel mit dem kleinen Tischchen. Trutzig breiten sich die Schrankwand-Elemente aus, die Wand entlang.

Er geht zum neuen Sofa hinüber, lässt die Hausschuhe von den Füßen gleiten und sich auf das Ruhemöbel sinken. Die Zehen wackeln auf dem kuscheligen Teppich, der sich angenehm an die Fußsohlen schmiegt.

Aus der Küche dringt ein scharfes Klacken; der Wasserkocher hat abgeschaltet. Mit einem leisen Schnaufen erhebt sich der Mann und schlendert hinüber, in die kleine Küche. Er gießt sich einen Zimt-Tee auf und legt einige Lebkuchen auf einen Teller. Im Vorbeigehen nimmt er die Fernbedienung vom Schränkchen, drückt ein paar Knöpfe. "Als ich noch allein war, ein Junggeselle mit einer eignen Bude war", singt van Veen.

Der Mann singt mit: "Einsam, zweisam, dreisam - und am Ende ganz allein." Er lässt sich wieder aufs Sofa plumpsen, greift sich das Buch, das - lesebezeichnet - dort vor sich hin geträumt hat.

Die Nachbarn zur Linken bekommen Besuch. Freudiges Murmeln dringt durch die Wand, die Kinder jubeln. Langsam, andächtig fast, nimmt der Mann einen Schluck aus der hohen Tasse, lässt ihn genießerisch die Kehle hinab rinnen. Van Veen singt. Der Mann greift einen Lebkuchen und kaut.

Aus der Wohnung unter dem Dach klingt Weihnachtsgesang. Der Mann liest. "Fröhliche Weihnacht ...", singt die Familie oben. Nein, Weihnachtsduft gibt es bei ihm nicht. Eher Lufterfrischer "Blaue Brise"- gegen den Tabak-Tapetenleim-Geruch, den der Vormieter hinterlassen hat.

Die Ecklampe spendet gerade genügend Licht, um den Raum anzuheimeln, ohne dass das Lesen zur Qual wird. Unten auf der Straße gibt es Streit. Offenbar hat der Mann wieder zu lange auf seine Gattin warten müssen und ist nun sauer. "Aber es ist doch Weihnacht!", gibt sie zu bedenken. "Genau", kontert er, "deshalb hättest Du ja wenigstens dieses eine Mal pünktlich fertig sein können." Die Stimmen entfernen sich, verschmelzen mit dem Marktrummel.

Van Veen singt: "Es hat doch auch was für sich, ganz für sich zu sein".

Der Mann schaut auf das Foto an der Wand. Vier Kinder und eine Frau lachen ihm entgegen. Er schüttelt den Kopf, trinkt von seinem Tee. Dann schaltet er die Anlage ab.

Oben singen sie: "Christ der Retter ist da." Er lächelt. An der Wohnungstür hört man Scharren. Es klingelt. Der Mann erhebt sich, stellt seine Tasse weg und geht, um zu öffnen.

Ein kleines Mädchen steht vor der Tür und schaut ihn mit großen Augen an. "Meine Mama sagt, dass sie nicht so allein sein dürfen, wo doch Weihnacht ist. Wollen sie mit zu uns kommen?"

Der Mann nickt und geht in die Küche. Er legt mehr Lebkuchen auf einen Holzteller. Dann folgt er der Kleinen über den Flur. Als sie die Wohnung betreten, kommt eine junge Frau angelaufen und begrüßt den Mann. "Schön, dass sie mit uns feiern. So allein zu sein ist nicht gut. - Nicht heute."

Von oben klingt es: "Vom Himmel hoch". Ein paar Minuten später sind die Sänger oben verstummt.

Aus der rechten Nachbarwohnung aber klimpert eine schlecht gestimmte Gitarre und drei Stimmen singen: "Ich steh an Deiner Krippen hier". Und wenn man genau hinhört, meint man, es stimmten - ganz zart - ein paar Engel mit ein.

Der Klient

Ein leises Lächeln schleicht sich auf mein Gesicht, als ich den Mann sehe. Nicht, weil sein Anblick so lustig oder freundlich wäre; das ist er nicht. Er ist sehr ernst und wichtig, der Mann. Im Sturmschritt eilt er durch die Straße, dem nächsten Termin, mit viel Glück einem Geschäftsabschluss, entgegen.

Sein Leben tickt, sein Herz stottert. Er schluckt Pillen dagegen, die den Blutdruck hochtreiben. Den halten die Tropfen im Zaum, die er immer in seiner Tasche bei sich trägt. Natürlich nimmt er diese Medikamente heimlich, am Waschbecken irgendeiner Toilette. Schließlich ist er das Zugpferd seiner Abteilung. Idol der jüngeren Mitarbeiter – oder eher Ziel? Lebt allein, seit seine Mutter gestorben ist. Und nur für seinen Job.

Van Veen singt: "... und morgen ist der Zwölfte – und der wird wie der Elfte – und der war wie der Zehnte..." Besser kann man dieses Leben nicht beschreiben. Mit offenem Mantel kommt er angeschnauft, seinen Dokumentenkoffer in der verschwitzten Hand. Noch zwanzig Meter, fünfzehn, zehn ... Ich greife neben mich.

***

'Da sitzt wieder so ein Straßenmusikant. Lächelt vor sich hin und greift sich seine alte Gitarre. Der Korpus ist fleckig, zerkratzt, mit abgeplatzten Kanten. Wie lange ist das eigentlich her, dass ich meine Gitarre zur Hand genommen *habe? Das war 1995, als wir mit Cordula und der Clique am alten Badeteich gezeltet haben. Da war dieses Lied, das ich mir – extra für sie - ausgedacht hatte.'*

***

Jetzt ist er da. Die Spannung will mich fast zerreißen. Die Vorfreude. Das ist der Moment, den ich besonders liebe. Ich schlage den ersten Akkord an.

"It's true, that I'm a nobody,

without your smile around.

That's why this simple melody

is all that could be found

in my heart.

By you

and through you

and for you

alone ... "

***

'Was singt denn der Mann da? Das ist doch mein Song! Woher kennt der den? Was ist aus der Clique geworden, nachdem wir das Studium beendet hatten? Und Cordula? Wir waren befreundet. Waren wir mehr? Hätten wir es sein können, sollen?'

***

Da. Er nimmt sein Adressbuch heraus, blättert, findet die Nummer. Sein Termin ist eben geplatzt. Er hat einen anderen, wichtigeren. Jetzt schaut er mich an, zückt seine Brieftasche. "Nein, danke. Dieses Lied gehört ihnen ... und Cordula".

***

'Der will kein Geld? Wieso kennt der Cordula? Ein alter Bekannter? Egal, ich rufe gleich bei ihr an, danach kann ich ihn immer noch fragen.'

"Hallo, hier ist Jürgen Berklandt. Spreche ich mit Cordula Hansen? Cordula. Ich freue mich, dass ich dich erreiche. Hör mal, wir haben uns ja seit ewiger Zeit nicht gesehen. Aber ich würde dich gern treffen, wenn es dir recht ist. - In einer Viertelstunde? Im Restaurant 'Zum Goldenen Eck'? Ich könnte dich abholen. Du wohnst noch in der Gluck-Straße? Nummer 57? Ja, gern. Ich bin in zehn Minuten da."

"Entschuldigen sie, woher ..."

'Wo ist der denn hin? Er saß doch eben noch hier...'

***

Einen einzigen schwingenden Akkord lasse ich noch leise in Jürgen Berklandts Gehörgang gleiten, ehe ich ganz verschwinde, zum nächsten Platz, anderen Klienten.

Es gibt Tage, an denen liebe ich es besonders, ein Engel zu sein.

Teil 2

Für die Kleineren

Wie Bruno das Glück fand

In einem fernen Königreich lebte einst ein Bauer mit seiner Frau und dem einzigen Sohn, der auf den Namen Bruno hörte. Bruno war ein freundliches Kind, dessen Antlitz aber durch eine seltsam geformte Nase entstellt war. Schaute man ihn an, so schien es, als hätte irgendwer sein Nasenbein mit einem riesigen Daumen breitgedrückt, so dass es nun beinahe wie die Schnauze eines Hundes wirkte.

Das war natürlich Anlass zu garstigen Neckereien. Wie oft kam der Bauernsohn weinend nach Hause, wenn die anderen Jungen ihn wieder einmal bis zur Weißglut verspottet hatten und er in seinem unbeherrschbaren Zorn auf sie eingeprügelt hatte, denn er war ungewöhnlich stark für sein Alter.

Er schämte sich dieser Ausbrüche, die ihm den Spitznamen 'Nasenbulle' eingebracht hatten. Mit der Zeit ließen die Gewöhnung an sein Aussehen und die Angst vor seinen Fäusten die Boshaftigkeiten verstummen. Nur gelegentlich, wenn Fremde im Ort weilten, brandeten die bösen Scherze kurz auf. Aber damit kam Bruno zurecht.

Die Jahre gingen ins Land und aus dem Kind wurde ein junger Mann, der sich, wie sollte es anders sein, für die hübschen Mädchen seiner Umgebung zu interessieren begann. Diese hingegen wollten nichts von ihm wissen; alle, bis auf eine, die bucklige Julie.

Sie war die Tochter des Fronknechtes und lebte gemeinsam mit ihren sechs Geschwistern in einer ärmlichen Kate am Rande des Dorfes. Ihre Familie wurde von allen gemieden. Die Dorfbewohner fürchteten, sie könnten Ungeziefer verbreiten, denn sie waren in schmutzige Lumpen gekleidet.

Einen Brunnen gab es an der Hütte nicht.

Julie nun, die ein verkrümmtes Rückgrat hatte, schlich sich oft in Brunos nähe, wenn der sein Tagwerk auf des Vaters Feld verrichtete. Zuerst beobachtete sie ihn nur von Ferne, als sie niemand verscheuchte, fasste sie mehr und mehr Mut, bis sie eines Tages so weit herangekommen war, dass Bruno ihr Antlitz erblickte.

Wie ein Blitzstrahl durchfuhr es den jungen Mann, denn unter dem langen, verfilzten Haarschopf verbarg sich ein schön geschnittenes Gesicht, mit freundlichen braunen Augen. Erschrocken wandte sich Bruno ab und arbeitete verbissen weiter.

Julie aber hatte wohl bemerkt, dass ihr Anblick ihm gefallen hatte. Am nächsten Tage erschien sie wieder auf dem Feld. Diesmal aber hatte sie im Fluss gebadet, ihr Haar mit einer alten Klinge gekürzt und zu einem buschigen Pferdeschwanz gebunden. So saß das Mädchen verträumt am Feldrain, sah Bruno zu und band mit ihren geschickten Händen einen Kranz aus den Blumen, die ringsum in großer Zahl und Vielfalt wuchsen.

Bruno war dabei, einen großen Stein an den Feldrand zu wälzen, doch langsam ließen seine Kräfte nach. Nur wenige Schritte vom Rande entfernt musste er aufgeben. Wohl konnte er den Brocken noch anheben, aber ihn auf die Seite zu rollen, das misslang.

Da sprang Julie hinzu und gemeinsam wuchteten sie den Feldstein an seinen Bestimmungsort. Bruno erzitterte, als er dabei den Körper des Mädchens berührte. Und als sie sich erschöpft am Feldrain niederließen, um von seinem Proviant zu essen, hielt er nicht mehr an sich und umarmte Juli. Mit einem Seufzen ließ sie es geschehen und ruhte einen Augenblick an der Brust des Geliebten.

Von nun an trafen sich die beiden häufig auf dem Feld und plauderten miteinander, wenn sie gemeinsam von Brunos Feldration aßen. Sie wurden sich immer vertrauter, bis der junge Bauer eines Tages dem Mädchen seine Liebe gestand.

„Ich habe dich liebgewonnen, Julie, und möchte dich wohl heiraten", sagte er. Ein Strahlen erhellte die Augen des Mädchens, als sie antwortete: „Ich habe dich geliebt, bevor du mich kanntest. Schon als wir noch Kinder waren, hat es mich zu dir gezogen, mit ganzem Herzen."

Ihr Blick verfinsterte sich. „Was werden wir tun, wenn Deine Eltern unsere Verbindung ächten? Willst du dich lossagen, um meinetwillen? Ich weiß nicht, ob ich dazu der Anlass sein kann." „Wir werden eine Lösung finden", beteuerte Bruno, „und soll es sein, dann werde ich aus meinem Elternhause gehen, für dich." Julie begann zu weinen. „Nicht arm nur bin ich, auch entstellt. Ich fürchte, was Dein Vater sagen mag." „Sei nur getrost, es wird sich schon ein Ausweg finden." Er nahm seine Geliebte noch fester in den Arm, um sie zu beruhigen.

Als Bruno am Abend heimkehrte, traf er den Vater erzürnt im Zimmer auf und ab gehend. „Was tust du auf dem Felde, mit dem Balg des Fronarbeiters?", fragte er drohend. „Das halbe Dorf lacht schon über euch. Was sollen diese Narreteien? Glaubst du, die sei ein Weib für dich, arm und krumm, dreckig und hässlich?" Bruno konnte nicht an sich halten und rief:

„Halt ein, Vater! Sieh mich an!
Bin ich ein Bild von einem Mann?
Ist dir entfallen schon der Schimpfnam' den man mir verliehen?
Arm ist sie, das ist wahr. Doch hässlich sei dir nicht verziehen!
Bevor du urteilst, musst du aus der Näh' sie sehen, denn dann, glaub mir,
wird aller Widerwille dir vergehen."

Der alte Bauer war überrascht. Hatte sein Sohn doch bisher nie Widerworte gewagt. „Sei's drum", brummte er, um Streit zu vermeiden, „wenn du sie von ihrem Buckel befreien kannst, sollst du sie haben." Bruno sprang beglückt auf den Vater zu und fiel ihm um den Hals. „Das will ich tun. Und sie wird die schönste Bäuerin im ganzen Lande sein, glaub mir!"

Gleich nach dem nächsten Sonntag schnürte der junge Bauer sein Ränzel und nahm Abschied von seinen Lieben, sowie auch von Julie und zog guten Mutes davon. Unterwegs verdingte er sich in Städten und Dörfern, um den Lebensunterhalt zu verdienen und erlernte viele Fertigkeiten. Seine Wanderung führte ihn durch viele Länder und Reiche, aber nirgends konnte er auch nur das Geringste erfahren, das ihm bei seiner Mission hilfreich gewesen wäre.

Endlich, nach beinahe zwei Jahren unentwegter Wanderschaft, verlor er den Mut und begab sich auf die Heimreise. Vielleicht würde der Vater ja seine Bemühungen anerkennen und trotzdem in die Heirat einwilligen.

Sein Weg führte ihn über hohe Berge und durch schaurige, finstere Wälder, bis hin zum Meer. Dort stand er nun, zum ersten Mal in seinem Leben und fühlte sich unbedeutend gegenüber der Unendlichkeit des Ozeans. So verloren kam er sich vor, dass ihm Tränen in die Augen traten und er mutlos niedersank.

Da vernahm er plötzlich eine leise Stimme: „Hilf mir! Hilf mir bitte, denn sonst bin ich verloren!" Als Bruno aufschaute, sah er in einiger Entfernung einen großen Fisch am Strande zappeln, den wohl eine Woge angespült hatte. Schnell eilte er hinzu und versuchte, das Tier über den Schlick in das Wasser zurück zu schieben. Aber es gelang nicht.

„Bitte", flehte der Fisch, „rette mich! Ich will mich wohl dankbar erweisen."

Der Wanderbursche setzte sich erschöpft in den Sand und ließ den Blick schweifen. In seinem Geist spukte eine Idee herum, die aber noch keine klare Form gewonnen hatte. Endlich sprang er auf und schlug sich mit der flachen Hand vor die Stirn. „Dass ich darauf nicht gleich gekommen bin!", rief er und eilte dem Palmenhain zu, der den Strand säumte.

Eine Zeit lang war nur ein Schlagen und Brunos gelegentliches Ächzen zu hören. Dann kam er zwischen den Bäumen hervor und schleifte eine Art Bahre hinter sich her, die er aus den Wedeln der Palmen und biegsamen Wurzeln gefertigt hatte.

Er legte diese Konstruktion neben den Fisch und begann, diesen Stück für Stück hinauf zu hieven. Seine Arme zitterten von der Anstrengung und der Schweiß floss ihm in die Augen. Aber es gelang. Nun konnten die Schuppen des riesigen Fischkörpers sich nicht mehr im Sand verhaken und etwa eine Stunde später hatte Bruno den Fisch wieder in das Meer zurück gezerrt. Dieser jedoch tauchte unter und verschwand ohne ein weiteres Wort.

Das machte den jungen Mann, der sich erschöpft in den Sand fallen ließ, sehr traurig. Hatte der Fisch nicht versprochen, sich dankbar zu zeigen?

Entkräftet fiel Bruno in einen tiefen Schlaf, in dem er etwas Seltsames träumte. Der Fisch war zurückgekehrt und sprach: „Wende dich nach Osten und folge der Küste des Ozeans. Nach drei Tagen wirst du an ein großes Haus gelangen. Dort wohnt der Magier Juanez, der drei wertvolle Gegenstände besitzt: die Kristallkugel 'Naheblick', die Pfauenfeder 'Neuerglanz' und den Kristallspiegel 'Geradeschau'. Juanez ist kein böser Zauberer, aber sehr eitel. Er hält sich für den Rätselgott und liebt es, seine Gäste in Ratewettbewerbe zu verstricken. Auf diese Weise ist er auch zu den drei Schätzen gekommen. Wenn du ihn besiegst, kannst du diese Dinge von ihm gewinnen. Der Zauberer ist schlau, aber nicht hinterhältig. Verliert er, wird er das hinnehmen. Sei also schlau und benutze deinen wachen Geist!"

Eine Mücke summte um Brunos Gesicht und riss ihn aus dem Traum. Doch er hatte schon genug gesehen und gehört. Voller Eifer machte er sich auf den Weg, dem gerade einsetzenden Sonnenaufgang entgegen. Er eilte dahin und gönnte sich zwischendurch nur dann eine Rast, wenn er ein paar Beeren aß oder einen Schluck frischen Wassers aus einer Quelle trank.

Nach zwei Tagen und Nächten war er so müde, dass er auf einer Lichtung einfach umfiel und einschlief. Wieder hatte er einen Traum in dem der Fisch auftauchte.

„Hör mir gut zu und merke dir meine Worte! Der Zauberer hat Lieblingsrätsel, die er dir wahrscheinlich stellen wird. Deshalb sollst du dir folgende Wörter einprägen:

Ebene

Fuchs

Rose

Mensch

Engel"

Mit diesen Worten verschwand der Ratgeber und Bruno schlief traumlos bis zum nächsten Morgen.

Am Abend des dritten Tages sah er in einiger Entfernung ein großes, prächtiges Haus auftauchen, auf das er forsch zu schritt. Als er am eichenen Eingangstor ankam, schwang dieses auf und ließ ihn eintreten. Dahinter lag eine riesige Halle, von deren hinterem Ende steinerne Treppen nach oben führten.

In der Mitte des Raumes jedoch stand der Magier Juanez und lächelte. „Herein, nur herein, junger Mann! Ich habe dich bereits in meiner Kristallkugel gesehen. Schon lange hatte ich keine Gäste mehr, darum freue ich mich über deinen Besuch." Bruno verbeugte sich vor seinem Gastgeber und dankte höflich für die Einladung. „Du musst müde und hungrig sein – und viel zu erzählen haben. Wisse, ich bin ein Liebhaber der Geschichten und vor allem ..." Der Zauberer zögerte genüsslich. „... der Rätsel.

Ich hoffe sehr, dass du mir nach dem Mahl, das wir einnehmen wollen, sobald du dich ein wenig erfrischt hast, für einen kleinen Wettstreit in der Kunst der Rätselaufgaben zur Verfügung stehen mögest." Bruno erwiderte: „Ich weiß, dass ihr ein Meister des

Ratens seid, dennoch möchte ich euch eure Gast-
freundschaft danken, indem ich in den Wettstreit ein-
willige."

„Ah", freute sich der Magier, „eilt mir mein Ruf so
weit voraus, mit Stolz erfüllt es mich, solches zu vernehmen. Doch nun bitte ich dich, fühle dich wie daheim. Im oberen Stockwerk findest du ein Bad bereit
und frische Wäsche, die dich zieren möge, bei unserem kleinen Diner."

Der Wanderer, der erst jetzt richtig wahrnahm, wie
heruntergekommen er wirken musste, dankte und
begab sich in das schmuck eingerichtete Badezim-
mer, in dem bereits das Wasser in einer Messing-
wanne dampfte. Nach dem Bade und dem reichli-
chen und leckeren Abendessen zogen sich die beiden
Männer in die Bibliothek zurück.

Der Raum war, trotz seiner gigantischen Ausmaße
und der riesigen Menge von Büchern, die in den bis
unter die Decke reichenden Regalen standen, durch-
aus gemütlich zu nennen.

Sie saßen sich an einem kleinen Tisch gegenüber,
schlürften heißen Kaffee und Bruno erzählte, wie er
sich in Julie verliebt und, ihr zu helfen, auf seine
Wanderschaft begeben hatte. Von vielen lustigen und
interessanten Begebenheiten wusste er zu berichten,
seine Begegnung mit dem Fisch erwähnte er aber
nicht.

Die Nacht war schon fortgeschritten, als der Zauberer sich freundlich für all die Geschichten bedankte

und vorschlug, am nächsten Morgen den Wettstreit abzuhalten, sobald man sich bei einem guten Morgenbrote gekräftigt habe. Das war Bruno mehr als Recht, denn selbst das erfrischende Bad hatte seine Erschöpfung nicht völlig beseitigen können. So trennten sich die beiden und bald hörte man im Haus nur das nächtliche Knacken der alten Dielen.

Als Bruno erwachte, war der Vormittag schon beinahe vergangen. Hoch stand die Sonne am Himmel und ein Blick aus dem Fenster zeigte, dass nicht nur das Haus sehr gut erhalten war, sondern auch Hof und die Gärten wohlangelegt und gepflegt.

Das späte Frühstück, das Juanez im Speisezimmer servieren ließ, weckte Kräfte und Tatendrang wieder ganz aufs Neue.

„Nun", hob der Gastgeber an, kaum, dass die beiden Diener das Geschirr abgeräumt hatten, „wollen wir beginnen."

„Sehr wohl, mein Herr", nickte Bruno.

„Bevor wir uns in die Welt der Rätsel begeben, wollen wir unsere Einsätze bekanntgeben." Der junge Mann zuckte zusammen. Das hatte er nicht bedacht. Er lächelte den Magier offen an und sagte: „Ich bitte um Nachsicht, doch gibt es nichts in meinem Besitz, das einen Wert hat, ähnlich irgendeinem Gegenstand, den ihr besitzt."

Sein Gegenüber lächelte. „Nun denn", sagte Juanez, „dann möchte ich dir etwas vorschlagen. Drei Rätsel soll jeder stellen. Keines darf ungelöst bleiben. Ich, der ich seit vielen Jahren diese Kunst betreibe, bin mir meiner Sache so sicher, dass ich für jede Lösung, die du findest, einen meiner Schätze einsetzen will.

Er winkte mit der Hand und ein Diener brachte ein kleines Tischchen herein, auf dem sich Kugel, Feder und Spiegel befanden. Dies, mein Freund sind Zauberdinge, wie man sie nirgends noch einmal findet. Die Kugel lässt dich in die Ferne sehen. Aber nicht nur das. Sie kann dich auch in einem einzigen Moment an den Ort deiner Sehnsucht befördern. Die Feder kann erneuern, was alt oder schief ist. Wächst in deinem Garten ein Baum oder Busch verkrümmt, so streiche nur mit der Feder darüber und er wird sich geraderichten. Dieser Spiegel aber hat die Macht, denjenigen, der hineinschaut, zu verändern, so, wie ihn seine engsten Freunde sehen. Du bekommst sie alle drei, wenn du gewinnen solltest. Verlierst du aber, so musst du auf deinem Rücken die Schande tragen. Ich werde dann dort eintätowieren lassen:

'Der große Weise Juanez hat mich im Ratewettkampfe besiegt.' Das sollst du dein Leben lang tragen."

Bruno dachte einen Moment lang nach. In seiner Gegend kannte niemand den Magier. Und mit seinem entstellten Gesicht, was konnte ihm da noch passieren, wenn er obendrein tätowiert war? „Das scheint mir eine angemessene Regelung zu sein."

„Wohlan", rief der Zauberer, „Als Gastgeber nehme ich mir das Recht des ersten Rätsels.

**Hat die Höhe nicht gewonnen
und nie tief hinab geschaut.**

**Regen, der herab geronnen,
hat sich zu dem See gestaut.**

**Mühe aber macht sie viele,
ist sie Berg auch nicht, noch Tal.**

Was verbirgt in diesem Spiele sich an Sinn? - Nun rat' einmal!"

Juanez lehnte sich zurück und betrachtete Bruno gespannt. „Nun?", fragte er dann.

Bruno hatte sich bereits bei der ersten Strophe seines Traumes erinnert. Er sagte:

*„Ist es Berg nicht und nicht Tal,
muss es beid's zur Hälfte sein.*

*Und es fällt mir allemal
EBENE als Lösung ein."*

Der Zauberer staunte. So schnell hatte dieses Rätsel noch nie jemand gelöst.

„Es steckt mehr in dir, als man meinen möchte, mein Freund.", lobte er. „Du hast das erste Rätsel gelöst. Nun ist die Reihe an dir."

Bruno nickte und sprach:

*„**Hat die Sterne mir verborgen
und den Wald hinweg getaut.***

Finst're Nacht und trüber Morgen
Sagt, was habe ich geschaut?"

„Den Nebel", triumphierte Juanez, „das war einfach, viel zu leicht. Nun will ich meine zweite Aufgabe stellen.

Reine Liebe
ohne Pein
so soll ewiglich
es sein.

Was findest du in diesen Worten?"

Bruno grübelte. Keine der Lösungen des Fisches wollte auf den Inhalt des Rätsels passen. Vielleicht übersah er etwas Wichtiges?

Dann wurde es ihm plötzlich klar. Es war nicht der Inhalt, sondern die Form. Er richtete sich auf, wiederholte den Vers langsam und schloss:

„Eine Rose, Liebesblüte,
fand ich,
immer am Beginn.

So versteckt, doch
offensichtlich,
liegt sie, duftend rein, darin."

Juanez ließ einen scharfen Pfiff der Anerkennung hören. „Alle Achtung. Du bist ja ein richtig ernst zu nehmender Gegner. Lass uns dein nächstes Rätsel hören!"

Der Bauernsohn dachte kurz nach. Dann erhellte sich sein Angesicht und er sagte:

"Freude bringend, wonnevoll
immer kunstreich tönen sie,
ebenbürtig wohl einander,
durch das Tal am Klinovec.
Eine gibt sich gern elegisch
lebhaft lockt die andere.

Wer sind die beiden?"

Der Magier stutzte. „Mhmmm, mmhmmm", brummelte er vor sich hin, dann versank er in Schweigen, nur die kleinen Schweißperlchen, die sich auf seiner Stirn bildeten, zeugten von der Anstrengung. In der Stille dröhnte das Ticken der großen Standuhr, die sich in der Ecke des Raumes befand, wie Hammerschläge. Nach einigen Minuten begann Juanez, unruhig in seinem Sessel hin und her zu rutschen, so, als sei die Sitzfläche heiß.

Bruno beobachtete ihn gespannt. Würde er mit diesem Rätsel, das just seinem Gehirn entsprungen war, den Magier besiegen?

Fast eine Stunde lang kämpfte der Ratemeister um die Erkenntnis. Dann gab er auf. „Ich neige mein Haupt vor dir, mein Freund. Du hast mich bezwungen. Niemand hat das je geschafft, in meinem ganzen Leben. Mit Freuden gebe ich mich dir geschlagen, aber ich möchte dir meinen dritten Schatz nicht einfach in den Schoß werfen. Deshalb löse bitte auch mein letztes Rätsel!"

Bruno atmete auf. Er hatte es geschafft. „Diese Bitte will ich euch gern gewähren", sagte er.

Juanez stellte seine letzte Aufgabe:

„Han dich buhlend gar beschaut,
hîligs Bilde, Herzens Hort
gîhst nit us, nach Himmelns Husen,
flygst nit mir des Nachtens fort.

Hast entledigt dich, im Stillen,
dîner G'walt und Herrlichkît
so du mir's nicht tätst zu Willen,
misst ich dîn, in Ewigkît.

Himmelsgab, will ich dich hîssen,
solche musst du mir nun sîn.
Und du ladst, soll ich von hinnen,
mich in dîne Wohnung în."

Bruno sah deutlich Julies liebes Gesicht vor seinem geistigen Auge. „Ein Engel", hauchte er.

„Du bist der neue Meister", applaudierte der Magier Juanez. „Allerdings bitte ich dich um Verschwiegenheit. Bitte erzähle nichts von meiner Niederlage, denn ich möchte auch künftig meiner Leidenschaft, dem Raten, diesen oder jenen kleinen Höhepunkt verleihen, indem ich meine Gäste zu einem freundlichen Wettbewerb einlade. Wer tritt schon gegen den Verlierer an?"

„Keine Sorge", versicherte Bruno, „die einzige Person, die alles wissen soll, wird Julie sein. Und ich ver-

spreche euch, dass euer Geheimnis bei ihr sicher aufgehoben ist. Doch nicht nur das. Es tut mir leid, euch
eurer Schätze zu berauben. Als ihr deren Wirkung er-
wähntet, hatte ich eine Idee. Ich bedarf nicht des Be-
sitzes, sondern nur ein einziges Mal ihrer Fähigkeiten. Darum bitte ich euch, mir Feder und Spiegel für
eine Zeit zu leihen. Heute übers Jahr seid ihr herzlich
eingeladen, uns zu besuchen und wieder in Empfang
zu nehmen, was euch gehört."

Der Zauberer war gerührt. Seine tief blauen Augen,
die unergründlich wie das tiefe Meer schienen, wurden feucht, als er erwiderte: „Du bist ein wahrer
Freund und ich preise den Tag, an dem dich das
Schicksal zu mir führte. Mich von den Dingen für immer zu trennen fiele mir wahrlich schwer, denn sie
sind mir lieb geworden und ich habe sie in ehrlichem
Wettbewerb gewonnen, so wie du heute."

„Dann sei es", rief der Bauernsohn, „lass uns im kommenden Jahre feiern." Der Magier unterwies Bruno
in der Benutzung der gewonnenen Gegenstände.

Als die Sonne sich dem Abend entgegen neigte, nahm
Bruno Abschied. Er stellte sich vor der glitzernden
Kugel auf und legte seine Hände auf sie. Dann stellte
er sich die Hütte seiner Geliebten vor.

Ein Brausen erhob sich und Bruno wurde in die Kugel hinein gesogen. Alles wirbelte wild durcheinander und ehe er es sich versah, überschlug er sich und
landete bäuchlings in einer Pfütze, direkt vor der
Kate.

Sogleich eilten Julies jüngere Geschwister herbei und staunten nicht schlecht, als die den gefürchteten 'Nasenbullen' da vor sich im Dreck liegen sahen. Der aber rappelte sich auf und sandte den Ältesten von ihnen zu den Schweinekoben, wo seine Geliebte täglich schuftete. Es verging keine Viertelstunde, bis die beiden zurückkamen. Die Freude kannte keine Grenzen.

Dann packte Bruno den seinen Ranzen aus und entnahm ihm die wundertätige Feder. Mit dieser strich er über Julies verkrümmten Rücken.

Ein gewaltiges Knarren ertönte und die verwachsenen Knochen streckten sich. Als das Geräusch verstummte, war von Julies Buckel nichts mehr geblieben. Strahlend und anmutig stand sie im Kreis ihrer Lieben.

Bruno war so überrascht, von diesem Anblick, dass er auf die Knie fiel und seinen Heiratsantrag vor den Geschwistern erneuerte.

„JA, aber ja, Lieber, du", jauchzte Julie, „von Herzen JA". Damit kniete sie ebenfalls nieder und warf sich in seine Arme.

Nun war es an der Zeit, auch Brunos Eltern das Wunder vorzuführen. Die beiden Verliebten wanderten Hand in Hand deren Hof zu. Alle die der beiden unterwegs ansichtig wurden staunten und fragten sich, wer denn diese schöne junge Frau sei, die mit dem schmutzigen Bruno so einträchtig einher spazierte.

Der Vater hatte die letzten beiden Jahre über sehr gelitten. Als keine Nachricht von seinem Sohne eintraf, hatte er begonnen, sich Vorwürfe zu machen. Womöglich war der Junge in der Fremde umgekommen, nur seines Starrsinns wegen? Er hatte sich beizeiten zur Ruhe gelegt, noch ehe die Sonne am Horizont versank. Jetzt aber klang Lärm an sein Ohr und eine Unruhe trieb ihn aus den Federn. Was, wenn es böse Neuigkeiten von Bruno gab?

Im Morgenmantel eilte er hinab und trat in den Hof. Was er dort sah, ließ ihn erstarren. Die blutrot untergehende Sonne im Rücken kamen Bruno und eine wunderschöne junge Frau gegangen. Erst als sie nahe genug herangekommen waren, erkannte der Vater die schäbigen Lumpen und das filzige Haar Julies. Er schüttelte die Erstarrung ab und rannte glücklich auf die beiden Heimkehrer zu. „BRUNO!", rief er. Dann drückte er beide an seine breite Brust.

In der folgenden Nacht war an Schlaf nicht zu denken. Das Haus feierte die Heimkehr des verloren geglaubten Sohnes und das Wunder, das an dessen Liebster geschehen war. Bruno musste von seinen Abenteuern berichten, der gesamte Hausstand hatte sich dazu versammelt. „... und der gute Magier Juanez", schloss Bruno, „hat mir seine drei Schätze für ein ganzes Jahr geliehen." „Lasst uns seinen Besuch mit Freuden erwarten!", rief der alte Bauer und legte seinen Arm um die Schulter seiner frisch gebadeten und nett bekleideten Schwiegertochter.

Ehe man sich trennte, packte Bruno die letzte Kostbarkeit, den wundertätigen Spiegel aus und stellte ihn auf den Wohnzimmertisch. Danach verband er mit einem Seidentuch Julies Augen und nahm vor dem Tisch Platz. „Bitte stelle Dir mein Gesicht vor!", bat er seine Liebste. Dann wandte er sich dem Spiegel zu.

Dieser trübte sich, begann zu summen und zu brummen. Plötzlich hellte er sich auf und zeigte das Bild eines hübschen jungen Mannes, mit einer ganz normalen, geraden Nase. „Ah" und „Oh", ertönte es von allen Anwesenden. Dann wandte sich Bruno um und die Freude kannte keine Grenzen. Sein Gesicht entsprach genau dem, das der Spiegel gezeigt hatte.

Die Hochzeit wurde genau auf den Tag festgelegt, an dem der Zauberer Juanez erscheinen sollte. Und der kam prompt.

Das ganze Dorf war geschmückt. Überall wurde gebacken, gegrillt und gebraten. Die Bierfässer wurden angestochen und die beiden jungen Menschen waren die Attraktion des Ganzen. Selbst aus den Nachbardörfern waren viele Schaulustige herbeigeeilt und füllten nun die Festwiese am Anger.

Nach der Trauung zogen sich Juanez und Bruno gemeinsam in das Bauernhaus zurück, um die Schätze zu verpacken. Der Magier schien bedrückt zu sein. „Was ist los mit euch?", erkundigte sich Bruno. „Ach, weißt du, als du weg warst, habe ich immer wieder versucht, dein Rätsel zu lösen. Erfolglos. Würdest du mir die Lösung nennen?" Das tat Bruno gern.

Habt Ihr es herausgefunden?

Eine ganze Woche lang war Juanez zu Gast in Brunos Dorf. Dann brach er wieder auf, denn das Heimweh hatte ihn gepackt.

Er legte die Hände auf die Kugel und *FLUPS* war er verschwunden.

Die beiden jungen Eheleute aber lebten glücklich und zufrieden.

Und wenn sie nicht gestorben sind, dann lauschen sie noch heute gern den beiden kunstvollen Gesellinnen, der Fiedel und der Lerche.

Der grüne Held

Am alten Waldteich lebte der junge Quagustus. Er war ein wahres Bild von einem Frosch, hübsch grün und schlank, mit einer kräftigen Schallblase.

Quagustus hatte einen Traum, er wollte Rettungsschwimmer werden. Dazu brauchte man jede Menge Training, das war klar. Also kroch er jeden Morgen mit dem ersten Sonnenlicht aus seinem Seerosenbett und begann den Tag mit leichter Gymnastik. „HHHHHH, PFFFFFF", atmete er tief durch und machte zur Erwärmung dreiunddreißig Kniebeuge. Er beugte und streckte den Rumpf und gönnte sich zwischendurch nur die eine oder andere Mücke, die neugierig heran geflogen kam.

Kaum war der Körper so richtig erwacht, sprang Quagustus mit einem lupenreinen „Froschinger" - seinem Spezialsprung – ins kühle Nass und schwamm drauflos. Kraul, Rücken, ja selbst der Schmetterlingsstil war unserem kühnen Sportler wohlvertraut. Bald stellte sich das erste Publikum ein. Zwei fette Wasserratten, Bohrzahn und Clothilda, nahmen am Ufer Platz und feuerten ihn an: "Los doch! Was bist du heute wieder lahm!", keckerte die eine. Die andere fiepte: "Na komm schon! Nur noch 13 Runden."

Doch damit nicht genug, denn jeden Nachmittag stählte Quagustus seine Muskeln, indem er Grashalme stemmte und Kieselsteine über das wellige

Ufer rollte. Dabei sahen ihm allerdings die Beiden nicht mehr zu, seit er Clothilda die steinerne Hantel direkt auf die Nasenspitze geschleudert hatte.

Ehe der Tag sich neigte, hatte der junge Hüpfer noch das Beobachtungstraining zu absolvieren. Schließlich kam es nicht nur darauf an, stark zu sein, sondern es bedurfte auch ständiger Wachsamkeit, damit er die Rettungsbedürftigen rechtzeitig entdeckte. Auf einem großen Schierlingsblatt hatte er sich seinen Ausguck eingerichtet. Dort stand er dann, die Hand über die Augen gelegt, wie ein spähender Indianerhäuptling.

"Hähä!", kicherte Bohrzahn eines Morgens, "Jetzt musst du nur noch jemanden retten." Er taumelte theatralisch und ließ sich ins Wasser plumpsen. Als er wieder auftauchte, spie er eine Wasserfontäne aus und rief: "Rette mich! Rette mich, mein Prinz!" Dann schwamm er lachend davon.

"Recht hat er", dachte sich Quagustus. Er machte sich also auf die Suche nach einem Gegenstand, der die Rolle des Ertrinkenden übernehmen konnte. Aber so sehr er auch suchte, nichts schien ihm gut genug. Ein Tannenzapfen war zu sperrig, verschiedene Zweiglein erschienen ihm zu dürr.

Er wollte schon resignieren, als er in einiger Entfernung etwas Buntes leuchten sah. Neugierig hüpfte er zu dem Fleck hin und entdeckte eine halb geleerte Popcorn-Tüte. Er untersuchte den Inhalt und fand die Pops leicht und gut zu umfassen.

Wie sollte er nun die Übungsopfer in die Mitte des Teiches bringen, wo das Wasser ordentlich tief war? Quagustus ließ den Blick schweifen. DA! Das war's. Ein großes Seerosenblatt kam gemächlich daher getrieben. Er warf sich ins Wasser und zerrte das grüne Floß ans Teichufer. Dort belud er es mit einigen Corn-Pops. Er riss sich einen dürren Grasstängel ab und ruderte seine Rettungsinsel über die weite Wasserfläche, bis zur tiefsten Stelle.

„PLATSCH", das erste Opfer plumpste ins Nass. Aber was war denn das? Es saugte sich voll, wurde lappig und glitschig. Quagustus hüpfte vor Freude so wild auf dem Blatt umher, dass beinahe die restlichen Pops ebenfalls in den Teich geplatscht wären.

Er sprach zu sich: „Das ist ja wunderbar. Ich muss sie also retten, bevor sie so nass sind, dass sie untergehen. Und außerdem werden sie wabbelig und schlaff, wie ein richtiger Ertrinkender."

Von nun an sah man den Frosch jeden Tag zwei Stunden lang über den Teich rudern und Popcorn retten. Inzwischen kam der Sommer immer näher. Die Sonne lachte vom Himmel herab und die Mücken spielten über dem Teich, so zahlreich und unbedacht, dass Quagustus sich wie im Schlaraffenland fühlte. Nur gut, dass er so viel Sport trieb, denn sonst wäre er sicher ganz dick und plump geworden, von all den Mücken-Snacks, die er verdrückte.

Eines Tages war es soweit, Quagustus ging das Popcorn aus. Nachdenklich lud er die letzten drei Maisballons auf das Floß und ruderte in aller Ruhe zum gewohnten Ort. Er ließ versonnen die erste von der Blattinsel rutschen. Mit einem leisen *Plopp* wasserte sie und eine leichte Brise trieb sie vom Floß weg. Sie saugte sich voll und begann, abzusacken. Das war das Startsignal für unseren Frosch. Ein perfekter „Froschinger" - und schon schwamm er auf das Opfer zu.

Plötzlich ertönten in der Luft ein Rauschen, ein Pfeifen und ein Schrei: „AAAAAAAaaahh!" Ein ohrenbetäubendes Platschen, und ein, … ein … Etwas schlug auf der Wasserfläche auf, das sofort versank.

Quagustus erschrak und bekam das ganze Maul voll Wasser. Er hustete so sehr, dass seine Augen zu tränen begannen. Endlich ließ der Husten nach und er konnte sich den Blick wieder freiwischen.

„Oioioi!", entfuhr es ihm, denn da paddelte eine kleine Gestalt vor ihm, tauchte immer wieder unter und blubberte: „Hwwilfwwwe!"

Sogleich schwamm der Frosch zu dem Zappeldings hin. Er packte es, wie er es mit den Corn-Pops geübt hatte. Aber ein unsichtbares Gewicht zerrte an dem Wesen. Er würde es nicht bis zum Ufer schaffen. Da hatte er die Erleuchtung. „Halt dich an meinen Schultern fest!", schrie er.

Tatsächlich! Zwei Arme krallten sich an Quagustus fest. Das tat ganz schön weh. Trotzdem schwamm er mit aller Kraft auf sein Floß zu. Das trieb auf halbem Weg zum Ufer. So weit konnte er es schaffen. Seine Arme und Beine ermüdeten. Die unsichtbare Last drohte, sie beide auf den Teichgrund zu ziehen. Mit dem letzten verzweifelten Schwimmstoß erreichte er das Blatt.

„Lass mich los!", forderte er.

„Neiiin!"

„Lass mich los und halte dich am Blatt fest, sonst müssen wir beide ertrinken!"

Das half. Eine Hand löste sich von seiner Schulter und griff nach dem rettenden Blatt. Quagustus kletterte auf das Floß, aber das Wesen war zu schwer. „Halte aus!", rief er und tauchte, um nachzusehen.

Es war einfach unglaublich. Das Wesen war eine Hexe, die sich mit einem Bastgürtel an ihrem Besen festgebunden hatte. Und am Besen hing ein Netz aus Spinnweben, in die ein Vogelei eingewickelt war. Das also war die geheimnisvolle Last.

Er löste den Knoten am Hexengürtel und band ihn hastig am Stumpf des Seerosenblattstieles fest, bevor das Netz versinken konnte. Nun wurde ihm die Luft knapp.

„Phhuuhh!", schnaufte er, kaum, dass er die Wasseroberfläche erreicht hatte.

Die Hexe war inzwischen auf das Seerosenfloß gekrabbelt und saß nun pitschnass und zerfleddert da, wie ein Häufchen Unglück. Sie bibberte vor Anstrengung und Kälte. „Ddaddd..adda..dankke!", brachte sie hervor.

Quagustus ließ sich aufs Blatt plumpsen. Dort lag er auf dem Rücken und schaute in den wolkenlosen Sommerhimmel. Als er wieder bei Kräften war, erhob er sich und ergriff den Ruderhalm. Das Floß war schwer zu steuern, denn das Netz zog so sehr daran, dass das hintere Ende überflutet wurde. „Hilf mir beim Rudern!", forderte der Frosch. Das brachte die Hexe zur Besinnung. Sie packte mit zu.

Die Sonne begann bereits zu sinken, als sie eine flache Stelle am Ufer erreichten. Mit einiger Mühe verzurrte Quagustus das Netz an einer Wurzel.

Dann wankten die Beiden zum Vorratslager in einem nahen Waldstück. Als sie dort ankamen, trafen sie auf die Wasserratten. "Schau schau", schnarrte Clothilda, "hat er sich ein Hexlein an Land gezogen." "Und dem kocht er jetzt ein leckeres Fliegenragout", setzte Bohrzahn nach.

Der Frosch schlug sich die Hand vor die Stirn. „Au Mann!", stöhnte er, „Hab' ich doch das Wichtigste vergessen. Ein Geretteter muss ja auch etwas essen. Ich aber habe nur gepökelte Fliegen- und Mückenschenkel anzubieten."

Da sprach die Hexe: „Lass nur! Morgen bergen wir das Ei und dann werde ich es schön braten. Ich kann es bis dahin aushalten!"

Als die Sonne hinter den Hügeln versank, sah man die Beiden am Lagerfeuer sitzen, über dem sich an einem Spieß ein paar fette Fliegenbeine drehten. Quagustus schmauste, die Hexe trank nur Gänsewein. Heute hatte er sich wirklich eine besonders große Mahlzeit verdient.

Bald war alles aufgegessen und der Bauch des Frosches wölbte sich deutlich. Nun machte Quagustus es sich im Laub gemütlich und sprach: „Nun erzähle doch bitte einmal, wie es zu diesem Absturz kam!"

Die Hexe schaute betreten drein. Sie hatte ein nettes, rundes Gesicht, aus dem keck eine lange Nase hervor spießte. Ihr dunkelgrünes Haar war vor lauter Locken ganz wuschelig. „Also", begann sie, „Mein Name ist Mosulina und ich bin eine Mooshexe." Sie stockte und fasste mit einer Hand in ihre Lockenpracht. „Sieht man ja an meinem Haar, nicht wahr? Ich fliege manchmal zum Dorf am Waldrand. Dort wohnt meine Freundin, die Haushexe Knubbelchen. Gestern war ich wieder einmal bei ihr zu Besuch. Als wir beim Kaffee saßen, hat sie mir von einem Ei erzählt, das in einem Nest auf der Verkehrsampel am Dorfplatz liege.

Nun ist Knubbelchen schrecklich unbeholfen, eine richtige Stadthexe, die lieber stickt, als Blattläuse zu melken."

„Und da hast du ...", hob Quagustus an.

„Ja", fuhr Mosulina unbeirrt fort. "Ich habe mir von meiner Freundin ein starkes Netz geben lassen. Dann bin ich zur Ampel geflogen und habe meine Beute hineingepackt. Als ich aber wieder losfliegen wollte, war das Ding viel zu schwer. Mein Besen konnte es nur mit Mühe anheben. Ein Glück, dass es noch früh am Morgen war und nur der alte Bauer Hinrich mit seinem stinkenden Trecker an der Ampel anhielt.

Der war aber noch ganz verschlafen, hat nur vor sich hin gebrummelt und mich nicht gesehen. Aber als er wieder losfuhr, stieg mir der Tabaksrauch von seiner Zigarre direkt in die Nase. Da musste ich niesen und bin abgestürzt. Glücklicherweise bin ich in dem weichen Nest gelandet.

Bei der Bruchlandung sind einige Borsten am Besen abgeknickt, so dass die Steuerung nicht mehr richtig klappte. Darum habe ich mich mit meinem Gürtel am Stiel festgebunden und bin ganz langsam losgezuckelt."

„Gut", fiel ihr der Frosch ins Wort, der vor Aufregung schon ganz zappelig wurde. „Und dann?"

„Als ich gerade über den Teich flog, sah ich am Himmel einen Vogel. Da bekam ich es mit der Angst zu tun. In meiner Panik wollte ich beschleunigen, der Besen kippte vornüber, das Ei zog nach unten, so dass ich nach vorn rutschte. Dadurch wurde der Besen nun total kopflastig ..." Quagustus hielt die Luft an, so lebhaft war das Bild in seiner Vorstellung. „ ... den Rest kennst du ja", schloss die Hexe.

Der Frosch saß stumm da, grübelte vor sich hin. Endlich hob er den Zeigefinger, wackelte mahnend damit und sagte: „Du siehst, wie gefährlich es ist, so gierig zu sein."

Mosulina nickte. „Ach", gestand sie, „Ich wollte ein bisschen angeben. Wollte zeigen, dass ich eben eine besondere Hexe bin, die mehr kann, als ihre Stadtfreundin."

„Und das hätte dich beinahe das Leben gekostet."

„Ja. Ich danke dir von Herzen dafür, dass du mich gerettet hast. Eigentlich könntest du ja jetzt ein klein wenig angeben. Du hast wenigstens etwas zustande gebracht."

„Nein", seufzte der Frosch Quagustus und lehnte sich zufrieden zurück. „Ich habe auch etwas gelernt: Irgendwann zahlen sich alle Mühen aus. Und eine zweite Sache", fügte er verschämt hinzu, „Man hat niemals alles bedacht."

Mosulina gähnte. „Ich bin müde. Lass uns jetzt schnell schlafen und morgen das Ei aus dem Wasser holen!" „Gut", stimmte Quagustus zu und rieb sich die Augen. Er erhob sich und brachte der Hexe eine warme Algensamt-Decke, in die sie sich sogleich hinein kuschelte.

Dann schwamm er über die Bucht und kroch in sein Seerosenbett.

Der Höllenritt

Wachteufel Bolthasius staunte. Direkt vor dem Höllentor klemmte ein Hexenbesen unter der Wurzel der Sphäreneiche "Wunderholz", die so riesig war, dass sie von hier unten bis hinauf in die Himmelskreise der Engel reichte. Wie der wohl dorthin gekommen war? Bei seinem letzten Wachdienst war das Ding jedenfalls noch nicht da gewesen.

Vorsichtig trat er näher. Der Besen hing nicht fest, sondern war nur unter den dicken Wurzelarm gerutscht. Bolthasius schnappte ihn sich und suchte nach der Registrationsplakette, die, so lautete die Regel der Hexenvereinigung, jeder Flugbesen haben musste.

"Hexe Mi-ra-cu-li-na", entzifferte er.

Kopfschüttelnd wollte der Wachteufel an seinen Posten vor dem Höllentor zurückkehren, als es plötzlich ohrenbetäubend pfiff und rauschte.

Dann schlugen direkt vor seinen Füßen ein Holzstab und ein dickes Bündel von schwarzen Röcken auf. *WUMM!*

Bolthasius starrte mit Augen wie Untertassen auf das Ding. Seine Knie zitterten, vom Schock.

Mit einem Mal begann sich der Klamottenberg zu rühren. Ein strubbeliger roter Haarschopf kam zum Vorschein, unter dem ein Paar himmelblauer Augen hervor lugte.

"Uff", sagte die Miraculina, denn genau die war hier abgestürzt. "Junger Mann, hilf mir mal auf, statt hier herum zu stehen und zu glotzen!" Der Teufel beeilte sich, der Aufforderung nachzukommen. Mit Hexen war nicht gut Kirschen essen. Das wusste er von seiner Ausbildung, während der er auch die Hexenküche in Hölle 13 hatte beliefern müssen.

Miraculina schaute sich um und entdeckte am Torpfeiler ihren Besen. "HA!", schnarrte sie, "den wolltest du dir wohl unter den Nagel reißen, Bursche?" "Ne ... nneinn", stammelte Bolthasius. "Meinst du etwa, ich will für den Rest meiner Tage mit diesem schrottigen Leihbesen unterwegs sein?" Die Hexe schleuderte das ramponierte Fluggerät gegen die riesige Baumwurzel. "Ne ... nneinn."

"Schuld an der ganzen Misere sind nur diese nachlässigen Engel. Haben nämlich das Warnschild am Wunderholz nicht erneuert, die Schlafmützen. Ich war seit ein paar Jährchen nicht auf dieser Strecke unterwegs gewesen. Also flog ich in meiner gewohnten Höhe einher und dachte an dies und das. Plötzlich hatte ich dieses Gestrüpp vor der Nase, das bis in den höchsten Himmel ragte. Und da bin ich natürlich voll rein gekracht. Konnte mich gerade noch im Wipfel festkrallen. Die alte Muhme Zärtlein hat mich gerettet, als sie von ihrer Bridge-Runde heimwärts flog." Miraculina rieb sich zur Bestätigung noch einmal ihr Gesäß.

"Die sollten entweder das Wunderholz endlich beschneiden oder neue Warnschilder aufstellen. Das ist ja le-bens-ge-fäh-rlich!"

Bolthasius hatte das Gefühl, dass die Hexe eine Antwort erwartete. Er brummelte etwas, das man als Zustimmung deuten konnte. "Her mit meinem Besen!" Miraculina griff nach dem altersgeschwärzten Stiel und sprang erstaunlich gewandt auf. *WUSCH* - war sie auch schon davongeflogen.

Der Wachteufel Bolthasius schaute ihr noch eine Weile nach. Dann sah er sich um, ob ihn auch niemand beobachtete, holte sich den Leihbesen und stieg auf. Nichts geschah.

Er rannte los und stieß sich kräftig vom Boden ab. Tatsächlich! Es klappte. Vorsichtig flog er ein wenig höher. Da begann der Besen zu bocken, also hielt Bolthasius ihn auf etwa zwei Meter. Das funktionierte ganz gut.

Seitdem sieht man ab und zu vor dem Höllentor einen jungen Teufel auf einem zerfledderten Hexenbesen seine Kreise ziehen.

Das Wunder von Gnomeria

Das Königreich Gnomeria war in Aufruhr. Vertreter aller Religionen rannten wie aufgescheuchte

Hühner durch die Gegend und verkündeten, je nach ihrer Lehre, Weltuntergang, Öffnung des Paradieses, Reinkarnation, sexuelle Befreiung, Wiedereinführung der Zwangsaskese, … Aber was war eigentlich geschehen?

Das konnte niemand genau sagen, denn alle waren panisch geflüchtet, ohne sich auch nur ein einziges Mal umzusehen. Das Einzige, was als gesichert galt, war der Einschlag eines riesigen Obelisken, der sich viele UFFs tief in die Erde gebohrt hatte.

Ein UFF, das war die Gnomerische Einheit für die Tiefe von Erdlöchern und entsprach dreizehn Uffs, die ihrerseits jeweils sieben Bauchtiefs gleichstanden.

Das Graben und Schaufeln in der Erde war für die Gnomerianer lebenswichtig. Die Wirtschaft des Landes beruhte auf der Kultivierung der einzigen Nutzpflanze, dem Häcksenbesen. Diese lieferte alles, was zum Überleben benötigt wurde. Aus den festen Stämmen bauten die Zimmerleute Balkenwerk für die Häuser und Brücken, Tischler stellten Möbel daraus her. Die biegsamen Äste und Zweige hießen Reiser und wurden zu Lagerbehältern und Rädern verarbeitet. Aus den fasrigen Blättern gewann man das Material für Seile, Stricke, Zwirn. Aber das war nicht alles, denn die Beeren und die saftigen Wurzeln ernährten, vielfältig zubereitet, das ganze Land.

Aber nicht nur die Wirtschaft, sondern das gesamte Staatswesen Gnomerias war durch die Nationalpflanze geprägt. Die Regierung lag in den Händen der Königin, welche in der Landessprache Hekate genannt wurde. Diese wurde für einen Zeitraum von 2 Jahren vom Volke aus den Reihen der erfolgreichsten Häcksen gewählt, der Feldarbeiterinnen.

Doch nun herrschte Chaos.

Hekate Zwilli saß auf ihrem Denkestuhl, einem Kunstwerk, das der berühmte Reiserflechter Knorx geschaffen hatte, und seufzte. „Was machen wir nur?", fragte sie die Hekatomben, ihre Beraterinnen.

„Wir müssen Sicherheit schaffen", meinte Gunilla, die für ihre Ungeduld bekannt war. „Deshalb schlage ich vor, eine Expedition zum Obelisken zu entsenden." „Viel zu gefährlich!", rief Wafzi, die Älteste.

Zwilli richtete sich auf und schaute in die Runde. Streit war das Letzte, was sie jetzt gebrauchen konnte. „Ich stimme Gunilla zu. Es ist besser, eine kleine Erkundergruppe in Gefahr zu bringen, als womöglich das ganze Land dem Untergang zu weihen, weil wir nicht wissen, was passiert." „Aber ...", setzte Wafzi an. Zwilli schnitt ihr das Wort ab: „Wir werden über Gunillas Vorschlag abstimmen. Einfache Mehrheit."

Eine Minute später war alles entschieden. Man würde drei Erkunder aussenden, die feststellen mussten, was in dem verlassenen Landesteil geschah."

Es verging eine Zeit gespannter Erwartung, bevor die drei Gelehrten von ihrer Expedition zurückkehrten. Die Nachrichten, die sie brachten, klangen gruselig.

„Der Obelisk", berichtete Zwartholt, der Erdologe, „ist verschwunden. Er hat ein riesiges Loch hinterlassen. Wir konnten die genaue Tiefe nicht herausfinden, weil unsere Knotenseile nur ...", Zwartholt stockte, „9191 UFFs lang waren. Aber wir sind der Überzeugung, dass das Loch bis hinab zur Heule reicht."

Die Heule, das war der kugelförmige Hohlraum, der, so glaubten die Gnomerianer, sich im Mittelpunkt der Welt befand. Nach alten Überlieferungen wurden dort die Bösewichter hin verbannt, wenn sie starben.

Im heiligen Buch „Fon dem Baue där Wält" konnte man lesen:

„So isset die Wält innerlich ein gros Loch, allwo di Tagedieb und Beutelschneider, di Fälschler und andre Bösewicht werden verbracht hineyn. In där Tiefe hausen die Täuvel, grimmige Wesen, so die Gefangenen gar grässlich drangsaliren, auf daß sie laute heulen. Darum denn heißet der Ort 'Die Heule' ..."

Alle hielten den Atem an. 9191 UFFs! Das war die magische Zahl. Der Kalender der Alten endete genau nach 9191 Jahren. Jede Erwähnung dieses Wertes musste genau dokumentiert werden. Im Hintergrund des Denkesaals, in dem die Besprechung stattfand, hörte man den Schreibgriffel der Schriftführerin über das Besenplatt (ein Schreibmaterial, das aus gertocknetem Pflanzenbrei gewonnen wurde, den man hauchdünn auswalzte) kratzen.

Zwartholt setzte seinen Bericht fort:

„Wir hatten gerade die letzten Messungen beendet und brachen zur Heimreise auf, als aus dem Himmel ein riesengroßer Häcksenbesen herabfuhr und sich in den Abgrund bohrte. Die Erde erzitterte und wir waren vor Schreck wie gelähmt. Dieser Strunk ist so gewaltig, dass er nicht nur den Heulen-Schlund verschlossen hat, sondern er ragt auch bis in die höchsten Himmels-Sphären auf. Folgt mir bitte! Man muss ihn vom Balkon aus sehen können."

Alle erhoben sich und eilten aufgeregt hinaus, auf die Terrasse, die sich an den Denkesaal anschloss.

Und wirklich, in dunstiger Ferne erkannte man deutlich ein gigantisches Gewächs, dessen Krone in den Wolken verschwand.

Zwilli atmete auf.

"Das ist sicher ein Zeichen der Götter, die uns für unseren Fleiß belohnen."

****

Griseldis legte das Pflanzholz zur Seite. Das winzige Pflänzchen wirkte beinahe verloren, in dem großen Topf.

„Ich würde an deiner Stelle auch das Moos entfernen", riet ihr die Mutter, die gerade ins Zimmer getreten war. "Das hat sich ziemlich ausgebreitet."

„Ach, der Topf ist doch so groß. Und es sieht frisch und weich aus", entgegenete das Mädchen und strich sanft über die feinen Blättchen ihrer Sonnenblume.

Der Neue

An der kleinen Dorfschule gab es eine Sensation. Es passierte gleich zu Beginn des ersten Schultages nach den viel zu kurzen Sommerferien.

Die Klasse 5b hatte das Vorklingeln komplett überhört. Alle liefen durcheinander, ein paar Mädchen betrachteten Urlaubsbilder, die hauptsächlich die niedliche Madeleine am Strand zeigten. In der Ecke des Klassenzimmers hatte sich eine dichte Traube aus Jungen gebildet, in deren Mitte Thorsten, der Klassenstärkste, eine echte getrocknete Klapperschlangenhaut vorführte. Sein Vater arbeitete in Amerika und Thorsten hatte die ganzen Ferien dort verbracht. Jetzt flocht er immer ein paar halb zerkaute Cowboy-Sprüche in seine Rede ein: „Well, Boyz", ließ er gerade hören, „das Vieh war echt gefährlich. Pretty big sucker ..."

Die Tür des Klassenzimmers öffnete sich und Herr Novotny trat ein. Vom Flur her tönte das Stundenklingeln, das gleich gedämpft wurde, als der Lehrer die Tür hinter sich schloss. Die Schülergruppen zerstreuten sich und alle nahmen ihre angestammten Plätze ein.

Da erst wurde klar, dass Herr Novotny nicht allein gekommen war. Neben dem Lehrerpult stand ein flachsblonder, dürrer Junge. Er war verschüchtert und zupfte nervös an seiner Baumwollhose herum.

Was war denn das? Das Ding hatte ja sogar eine Bügelfalte! Einige Mädchen tuschelten. Der dicke Benno rempelte Thorsten mit dem Ellbogen an und zeigte auf die spillerige Gestalt.

Der Lehrer war der uneingeschränkte Liebling seiner Klasse. Er war mittelgroß, ein wenig pummelig und hatte nur eine einzige Haarsträhne, die immer fein säuberlich schräg über dem ansonsten kahlen Kopf lag. Nichts Außergewöhnliches, sollte man meinen. Aber es gab eine Sache, die ihn zu etwas ganz besonderem machte, nämlich die vielen netten Lachfältchen um seine Augen und die beiden Grübchen neben dem Mund, die beim Lächeln zu tanzen schienen.

Und Herr Novotny lächelte und lachte oft. Das glucksende Geräusch, das er dabei machte, steckte alle an. Niemand konnte lange bedrückt sein, wenn der Lehrer eine seiner lustigen Geschichten erzählte und selbst am lautesten darüber kicherte.

„Ihr seid alle ein Stückchen gewachsen, über die Ferien", begann er, sobald Ruhe eingekehrt war.

„Deshalb soll heute auch unsere Klasse noch ein bisschen größer werden." Er stellte sich hinter den Neuen und legte ihm seine breiten Hände auf die Schultern. „Das ist Sebastian Truderinger. Er wird ab heute zu unserer Gemeinschaft gehören. Und ich möchte, dass ihr ihn aufnehmt und integriert, damit er mit all seinen Fähigkeiten und Eigenschaften unser Miteinander schöner, lustiger und interessanter machen kann.

Sebastian, du stellst dich bitte ein wenig vor! Wo kommst du her, was kannst du schon, was erwartest du von uns und – nicht zuletzt – was willst du selbst beitragen?"

In der Klasse herrschte Schweigen, so tief, als würde gleich die Benotung einer Klassenarbeit verkündet.

Der neue Junge zupfte noch ein wenig heftiger an der Hose und sagte: „Ich bin Sebastian Truderinger. Ich bin zwölf Jahre alt und habe keine Eltern. Sie sind bei einem Unfall gestorben. Nur ich lebe noch. Aber ich war lange Zeit in Krankenhäusern. Meine Knochen sind kaputt und deshalb darf ich keinen Sport treiben. Ich kann sehr gut zuhören. Außerdem spiele ich Klavier und auch Gitarre. Damit könnte ich der Klasse helfen, einen guten Beitrag zum Schulfest zu liefern. Ich bin gut in Mathematik und in Sprachen. Wenn jemand in diesen Fächern Probleme hat, so helfe ich gern." Er atmete tief ein, ehe er fortsetzte. „Ich lebe bei einer Pflegefamilie. Vorher war ich im Waisenhaus, aber dort war es nicht gut." Auf seiner Stirn bildeten sich kleine Schweißperlchen. „Ich hoffe, dass ich hier einfach nur euer Mitschüler sein kann und bei allem mitmachen kann, was mir möglich ist. Leider ist das nicht sehr viel." Bei den letzten Worten war Sebastians Stimme verebbt. Nun stand er schwitzend und mit knittrigen Hosenbeinen da und schaute in die Runde.

Herr Novotny ergriff wieder das Wort: „Danke, Sebastian. Ich hoffe, es macht dir nichts aus, wenn du dich zu Marianne setzt. Ich weiß, dass ihr Jungs lieber neben euresgleichen sitzt, aber ich möchte die Sitz-ordnung nicht durcheinanderwerfen. Sie hat sich be-währt."

Der dünne Junge ging wortlos zu dem angewiesenen Platz und ließ sich neben dem kräftigen Mädchen nieder.

Benno prustete: „Dick und doof."

Ein paar der Kinder lachten, aber der große Erfolg blieb aus. Zu stark war noch der Eindruck, den die Vorstellung Sebastians gemacht hatte.

Die ersten Stunden verliefen ohne Zwischenfälle. Viele hatten gute Vorsätze gefasst, die noch eine Weile anhalten würden, bevor sie verblassten und letztendlich ganz aus dem Gedächtnis schwanden.

Der Neue zeigte sich sehr aktiv, wusste gut Bescheid und antwortete ohne zu Zögern auf Fragen. Ein paar der Mädchen nickten bewundernd, als Sebastian ei-nen englischen Text vorlesen musste. Seine Stimme tönte ruhig und er sprach ohne Akzent, ganz anders, als Thorsten das normalerweise tat. Thorsten war in Englisch der Star, wo doch sein Vater …

Ihm gefiel es überhaupt nicht, wie der mickrige Neue ihm die Show stahl.

„Der glaubt wohl, er kann hier den dicken Max mar-kieren?", flüsterte er Benno zu. „Lass man, den neh-men wir uns im Sport zur Brust", erwiderte der und spannte seine Muskeln an.

Dann war die Mittagspause heran. Die meisten Kinder gingen zur Schulspeisung. Marianne erhob sich und wollte sich ebenfalls zum Speiseraum aufmachen. Da bemerkte sie, dass Sebastian sitzen blieb. „Was isst du?", erkundigte sie sich. „Nichts", murmelte der Junge, verschämt, wie am Morgen.

„Weißt Du was?", meinte Marianne, „Ich brauche nicht so viel. Bin eh zu fett." Sie schaute an sich hinab. „Du kannst mein Essen haben, wenn du willst. Nur die Nachspeise esse ich selbst. Wie wär's?" Sebastian strahlte. Wie auf Kommando knurrte sein Magen laut. Er stand auf und sie liefen gemeinsam zum Speiseraum.

Als sie dort ankamen, schaute Thorsten, der gleich am Eingang saß, von seinen Spaghetti auf. Er würgte hastig ein paar Nudeln hinter, die ihm aus dem Mund hingen und rief dann: „Ah, da haben wir doch ein tolles Pärchen. Warum seid ihr denn so spät? Habt wohl noch rumgeknutscht?"

Benno brüllte laut los, wobei ihm der Eintopf aus dem Mundwinkel tropfte und sein neues T-Shirt befleckte. Da verstummte er und versuchte hastig, den Fleck auszureiben. Aber der wurde immer größer. „Mist!", schimpfte der bullige Junge. „Daran ist bloß der Neue schuld." Zwar hatte Thorsten die Lacher nicht auf seiner Seite, aber er hatte auf jeden Fall erreicht, dass die beiden Neuankömmlinge im Zentrum der Aufmerksamkeit standen. An manchen Tischen wurde getuschelt, an anderen erklang halb unterdrücktes Kichern.

Jede Bewegung der beiden Kinder an der Essensausgabe wurde verfolgt. Thorsten suchte angestrengt nach einer Gelegenheit, einen richtigen Lacher zu landen. Und die kam. Als Marianne und Sebastian sich gemeinsam an einen freien Tisch setzten und das Mädchen ganz selbstverständlich seine Essensportion dem blassen Jungen hin schob, brüllte Thorsten:

„My gosh! Willst dir den Schmalhans wohl heran füttern? Oder machst du Diät, damit du so dünn wirst wie der?"

Diesmal hatte er Erfolg. Der Speiseraum schien bersten zu wollen, von dem Gelächter und Gekreisch, das sich erhob.

Marianne wurde rot. Sebastian, der gerade nach dem Besteck gegriffen hatte, erstarrte mitten in der Bewegung. Er schaute verständnislos auf den Tumult, der losgebrochen war.

„Was sollen wir tun?", flüsterte Marianne. „Nichts", antwortete Sebastian und begann zu essen.

Langsam beruhigte sich alles wieder. Und weil sich die beiden Zielpersonen nicht beeindrucken lassen hatten, verlor die Menge schnell das Interesse an der Angelegenheit.

Nach dem Mittagessen stand nur noch Sport auf dem Stundenplan. Die Trainingskleidung wurde in Schließfächern aufbewahrt und nur zum Waschen mit nach Hause genommen. Heute hatten alle die sauberen Sachen dabei. Schon auf dem Weg zum

Umkleideraum warf Benno Thorsten verschwörerische Blicke zu. Der Neue wollte dazu gehören? Dann sollte er erst einmal zeigen, dass er ein Kerl war.

Wie groß war aber die Enttäuschung, als Herr Brummer, der Sportlehrer, Sebastian anwies auf der Bank Platz zu nehmen. Er wandte sich zu den murrenden Jungen um und erklärte, dass Sebastians Skelett von dem Unfall so geschädigt sei, dass er vom Sportunterricht komplett ausgeschlossen werden musste.

„Pansy", murmelte Thorsten, mit breitem texanischen Akzent.

Die Klasse spielte Zweifelderball. Das konnte einen schon den Ärger vergessen lassen. Sebastian saß gespannt am Spielfeldrand und fieberte mit, wer denn gewinnen würde. Siegerin war zum Schluss Mareike, ein sehniges Mädchen, mit kurzen braunen Haaren und einem breiten Gesicht. Alle ausgeschiedenen Spieler hatten sie angefeuert, obwohl ihr Gegner die Sportskanone Thorsten gewesen war.

Der kam nach dem Spiel verärgert in den Umkleideraum. Heute klappte auch nichts. Erst der Neue, mit seinem gestochenen Englisch, dann die vermasselte Rache, weil die Pfeife noch nicht einmal Ball spielen konnte. Und nun die gesamte Klasse gegen sich.

Er trat an den Geräteschrank und schnappte sich zwei Springseile, ehe er den Ball einschloss. „Willst du nicht gleich der Mareike unter den Rock kriechen?", fuhr er Benno an. „Na komm schon!", konterte der, „Du hast dich aber auch selten dämlich angestellt. So läppisch, wie die geworfen hat, hätte sogar ich die Murmel weggefangen. Stattdessen schmeißt du dich der vor die Füße. Die brauchte den Ball ja nur noch auf dir abzulegen." „Ach, halt's Maul! Spitze lieber die Lauscher, denn ich habe eine Idee!'

Sebastian, der sich ja nicht umziehen musste, war in der Zwischenzeit noch einmal durch das Schulhaus gegangen und hatte einige Lehrbücher in seinem Schließfach verstaut. Das würde seine Tasche leichter machen. Gut, dass man an der Schule diese Möglichkeit anbot.

Er stieg die breite Haupttreppe hinab und verließ im Spazierschritt den Schulhof. Zu rennen war ihm nicht erlaubt, denn die Erschütterung könnte seine gesplitterten Unterschenkelknochen oder gar die Wirbelsäule beschädigen. Also hatte er sich dieses Schlendern angewöhnt. Das freilich hatte Folgen. Er musste immer rechtzeitig das Haus verlassen, um den Schulbus zu erwarten. Verpasste er ihn, käme er nicht zur Schule.

Heute wollte er sich Zeit lassen. Es würde am späten Nachmittag ein weiterer Bus fahren. Das ließ ihm Zeit und Gelegenheit, sich die Umgebung der Schule näher anzuschauen. Er bog von der Dorfstraße ab und lief einen Feldweg entlang. Die Häuser blieben zurück und nur in einiger Entfernung war ein alter Schuppen zu sehen, neben dem einige Holzschwellen aufgestapelt waren. Dort wollte er sich niederlassen und den Sonnenschein genießen.

Als Sebastian am Schuppen ankam, beschloss er, diesen genauer in Augenschein zu nehmen. Das Gebäude war nicht besonders hoch und hatte an der Rückseite einen niedrigen Anbau mit separatem Eingang. Vor diesem Seitentor gab es eine Mulde, die mit Holzbohlen abgedeckt war. Sebastian traute sich nicht, die zu betreten, denn sie sahen ziemlich verwittert aus.

Als er zu dem Holzstapel am Haupttor zurückkam, ließ er sich nieder und reckte sein Gesicht mit geschlossenen Augen ins Sonnenlicht. Plötzlich hörte er Schritte und als er die Augen öffnete, standen Thorsten und Benno vor ihm. „Was machst du hier?", raunzte Thorsten, „spionierst du uns etwa nach?" „Woher weißt du von unserem Unterschlupf?", wollte Benno wissen.

Sebastien blinzelte gegen die Sonne und schüttelte den Kopf. „Ich wusste nicht, dass ihr hier seid. Der Platz ist so schön, da dachte ich ..."

„... du gehst mal schnell ein bisschen schnüffeln.", fiel ihm Benno ins Wort. „Ok, old boy", presste Thorsten zwischen den Zähnen hervor. „Wenn du schon von unserem geheimen Unterschlupf weißt, musst du auch beweisen, dass du der Ehre würdig bist, ein Eingeweihter zu sein, ... buddy." Er hantierte an seiner Schultasche herum und hatte plötzlich die beiden Springseile in der Hand. Die verknotete er. Benno sprang auf und umschlang den schlanken Jungen, der sich nicht zur Wehr setzte. Es hätte keinen Sinn gehabt.

Thorsten fesselte den überraschten Sebastian mit den Springseilen. Dann hebelte Benno die kleine Tür zum Anbau auf und sie zerrten das Bündel in den Schuppen.

Sebastian zitterte heftig. Was würden die Beiden tun? Sein Körper wurde von einem System aus Knochensplittern, Schrauben und Drähten zusammengehalten. Wenn sie nicht vorsichtig waren, konnte ihn das das Leben kosten, ihn zumindest für den Rest seines Daseins an den Rollstuhl fesseln.

„Hört bitte zu!", bat er die beiden Jungen, „Ich kann hier keine Mutproben ablegen. Meine Knochen sind mit Drähten und Schrauben repariert worden. Jede Überlastung kann schlimme Folgen haben." „Quak, quak, quak!", äffte Benno, der inzwischen eine Leiter an die Wand gelehnt hatte und zu einer Luke hinaufkletterte, die offenbar zum Dach des Anbaus führte.

„Wenn du findig bist, passiert dir nichts", versprach Thorsten. Er warf Benno das lange Ende der Springseilfessel zu. Der fing es auf und begann, Sebastian nach oben zu zerren. Dem blieb keine Wahl, als unter großen Anstrengungen die Leiter zu erklimmen. Thorsten schob und stützte ihn von unten, während er direkt hinter ihm aufstieg.

Endlich war es geschafft. Keuchend und schwitzend saßen die drei Jungen auf dem Dach.

„Was nun?", japste Sebastian.

Benno befreite ihn vom Springseil. Dann kletterte er durch die Luke und kletterte wieder hinunter.

Thorsten wandte sich um und rief wie ein Showmaster: „Ladies and Gentlemen, it's jumping time!" Sebastian erschrak.

„Das ist nicht möglich. Ich kann das einfach nicht. Glaub mir, wenn ich es könnte, würde ich es tun. Aber es geht einfach nicht. Das halten meine Knochen nicht aus." Thorstens Gesicht wurde zu einer fiesen Fratze.

„Sollen wir vielleicht die Marianne holen", kicherte er, „die kann dich ja herunterheben." „Lass Marianne aus dem Spiel!", sagte Sebastian ruhig.

„OKAAY!", erwiderte Thorsten, „dann musst du eben runter klettern. Benno fängt dich unten auf."

„Gut", nickte Sebastian, „Das werde ich versuchen. "Aber Benno muss mir ganz sicher helfen!"

„Klar doch!", Thorsten hob die Hand wie zum Schwur. „Sure thing, man."

Sebastian kroch auf allen Vieren zum Rand des Daches und lugte hinab. Es war nicht besonders hoch. Drei Meter, vielleicht. Er drehte sich so, dass er die Beine über den Rand schieben konnte. Dann ließ er sich langsam ab, bis er an der Regenrinne baumelte. Über ihm saß Thorsten und gab Hinweise. „Ok, jetzt ein kleines Stück nach links hangeln! Benno kann dich noch nicht fassen. Da ist die alte Egge an der Wand."

Benno stand etwa zwei Meter weiter links und wartete darauf, dass Sebastian sich herüberschwänge. Aber der hing schnaufend an der Rinne, wie ein nasser Sack. Er traute sich nicht, die Hand zu lösen, glaubte die andere würde nicht ausreichen, um genügend Halt zu bieten.

Da erklangen auf dem Dach Schritte. Thorsten kam angerannt und sprang hinab. Genau auf die Bohlen bedeckte Mulde. Mit einem gewaltigen Krachen und Splittern brach die Abdeckung ein und der Junge verschwand inmitten der Bruchstücke in der Tiefe.

Benno war gerade noch rechtzeitig zur Seite gesprungen, um nicht ebenfalls in den Schacht zu fallen. Er kniete am Rand der Mulde nieder und schaute in die Staubwolke, die sich dort erhob.

„Thorsten!", schrie er.

„Ja", kam aus dem Chaos in der Tiefe eine schwache Antwort. „Mein Bein! Ich kann mein Bein nicht bewegen."

„Scheiße!", heulte Benno, "was mach' ich bloß?"

Sebastian, der über dem Muldenrand hing, schaute hinab. Schweißtropfen liefen ihm über den Rücken. Die Finger schmerzten.

„Hilf mir!", rief er Benno zu.

„Halt's Maul! Ich muss erst Thorsten rausholen"

„Thorsten kann warten! Wenn ich stürze, bin ich vielleicht tot." Panik erfasste Sebastian bei diesem Gedanken.

Benno schaute auf. „Hangele dich zum Fallrohr! Da kannst du runterrutschen." Damit wandte er sich wieder ab und robbte auf den verbliebenen Bohlen vorwärts, um nach Thorsten zu schauen. Man hörte, wie in der Grube Gegenstände bewegt wurden. Dann rief Thorsten: „Ich glaube, ich kann mich hinstellen. Aber nur auf ein Bein. Das andere blutet und ich kann es nicht bewegen. Reich mir die Hände, Benno! Dann kannst Du mich hochziehen." Wieder erscholl Lärm aus der Tiefe, dann sah man, wie sich Bennos Körper anspannte. Er ächzte und stöhnte. Dann plumpste es und eine erneute Staubwolke stieg aus der Mulde auf.

„Mist! So geht es nicht. Wenn du auf dem Bauch liegst, kannst du mich nicht hochziehen. Lass Dir was einfallen!"

„Hilfe!", wimmerte Sebastian.

„Rutsche zum Fallrohr!", wiederholte Benno.

Was blieb Sebastian übrig? Stückchen für Stückchen hangelte er der Gebäudeecke zu. Dort lehnte eine alte Egge an der Wand. Er versuchte, sie mit den Füßen zu erreichen. Geschafft! Nun musste er nur noch die Hände lösen und an dem Fallrohr neuen Halt finden. Vor Anstrengung zitterte er am ganzen Körper. Aber es gelang. Langsam und vorsichtig stieg er nun nach unten. Endlich stand er auf der sicheren Erde. Er ließ sich nieder, um einen Moment lang zu verschnaufen.

Auf den heil gebliebenen Bohlen hockte Benno. Sebastian glaubte seinen Augen nicht trauen zu dürfen. Dicke Tränen rannen die Wangen des massiven Jungen hinab. Er schniefte und schluchzte: „Scheiße, scheiße! Was mache ich nur?" „Was ist?", klang es aus der Mulde.

Da hatte Sebastian die rettende Idee. „He, Benno!", rief er matt, „Hole die Leiter aus dem Schuppen!" Benno schaute sich nach ihm um.

„Du bist ja unten.", staunte er, „Gut gemacht." Dann rappelte er sich auf und rannte in das Gebäude. Es polterte kurz, dann erschien er mit der langen Leiter.

Sebastian stand langsam auf und lief zu Benno. „Gib mir das Springseil!", forderte er. Benno gehorchte wortlos. Mit dem Seil in der Hand ging Sebastian nun zu der Einbruchstelle.

„Hör zu, Thorsten! Binde dir das eine Ende des Seiles um die Brust. Wir lassen die Leiter hinab und ziehen dich hoch. Dann reicht dein gesundes Bein." „Gut", scholl es dumpf herauf.

Benno ließ in der Ecke die Leiter hinabgleiten. Dann warf Sebastian das Seilende. Thorsten brauchte eine Weile, ehe er es befestigt hatte. Nun ergriffen die beiden Jungen das andere Seilende und zogen so kräftig sie konnten. Thorsten hangelte und wand sich die Leiter hinauf.

Nach einer Ewigkeit schaute sein Staub verschmiertes Gesicht über den Grubenrand und einige „Hau Ruck"s später lag er neben den beiden anderen im Dreck neben der Mulde.

Sebastian raffte sich als Erster auf und untersuchte Thorstens Bein. Die Verletzung war nicht so schlimm, wie sie befürchtet hatten. An der Wade gab es eine Fleischwunde, die schlimm aussah, aber es war nichts gebrochen. Am Rest des Körpers gab es eine Menge Prellungen und Abschürfungen, aber die waren halb so wild.

„Was tun wir jetzt?", fragte Benno unsicher. „Gibt es einen Arzt im Ort?", erkundigte sich Sebastian. „Nein. Aber die Pfarrfrau ist Krankenschwester.", stöhnte Thorsten, der beim Anblick der Wunde ganz bleich geworden war.

„Benno", bestimmte Sebastian, „Du gehst sofort zum Pfarrhaus und holst sie. Sie soll Wasser und Verbandszeug mitbringen. Vielleicht kommt sie ja mit dem Auto, dann können wir Thorsten ins Klinikum fahren."

„Aber", hob Benno an. „Nichts aber! Was geschehen ist, ist geschehen. Wir haben keine Chance, als uns der Sache zu stellen." Sebastian ließ keinen Zweifel daran, dass er es ernst meinte.

„Wie kannst du nur so cool sein?", staunte Benno. „Bin ich nicht. Aber nun geh los. Wenn du die Pfarrfrau nicht triffst, hole irgendjemanden, der Thorsten transportiert!"

Benno machte sich gehorsam auf den Weg. Nach wenigen Minuten war er im Ort verschwunden.

Nun konnten die zurück gebliebenen Jungen nur warten. „Ich glaube, mir wird schlecht.", stöhnte Thorsten.

„Warum musste das sein?", fragte Sebastian, „ich wollte nicht spionieren, nur ein wenig sitzen und mich sonnen."

„Das glaube ich dir. Aber ich war so sauer. Bisher war ich der Stärkste, der Beste in Englisch, der lustigste Witzbold. Und dann kommst du und lässt mich in meinem Paradefach wie einen quakenden Frosch aussehen. Das hat einfach genervt. Es ging gar nicht um unsere Hütte. Sie gehört uns nicht einmal. Wir kommen ab und zu her und quatschen oder rauchen eine. Wir hatten beschlossen, dir einen Denkzettel zu verpassen." Thorsten verstummte und verzog das Gesicht. „So ein Blödsinn!", sagte Sebastian zornig, „Was kann ich für eine Bedrohung sein? Bei jedem zweiten Schritt muss ich Angst haben, dass meine Knochen nachgeben, sich irgendwas verschiebt oder verbiegt. Solchen Scheiß kann ich absolut nicht gebrauchen." „Tut mir leid. Echt, Mann. War blöd. Aber so ist es eben manchmal."

Vom Dorf her kam ein Auto gefahren. Als es am Schuppen hielt, stiegen ein kräftiger Mann und ein Mädchen aus.

„Marianne!", riefen die beiden Jungen wie aus einem Munde.

„Ich habe gesehen, wie Benno am Pfarrhaus geklopft und geklingelt hat. Da habe ich gefragt, was los ist..."

„Los, ins Auto!", forderte der Mann, Mariannes Vater. Sebastian und Marianne hievten Thorsten auf den Rücksitz, wo der Vater eine alte Decke ausgebreitet hatte.

„Hast du die Krankenversicherungskarte dabei?", Thorsten nickte.

Gerade als die beiden anderen einsteigen wollten, kam Benno angeschnauft. „Ich nehme die Schultaschen mit.", japste er. „Gut." Marianne nickte.

Als die Schuluhr am nächsten Morgen zur Stunde klingelte, fehlte ein Schüler. Herr Novotny teilte der Klasse mit, dass Thorsten einen Unfall gehabt hätte und für eine Woche im Krankenhaus liegen würde.

„Ich denke, es findet sich sicher jemand, der ihn besucht und ihm die Hausaufgaben vorbeibringt. Freiwillige?"

Drei Hände hoben sich.

Die Legende von Yang Yin

Yang Yin war ein Held. Er versorgte seine ganze Sippe mit Nahrung. Nahrung? Ach was! De-li-ka-tes-sen! Furchtlos, wie der Drache, unter dessen Sternzeichen er geboren worden war, erbeutete er in halsbrecherischen Unternehmungen das Allerfeinste, das das >Paradies der Tausend Düfte< zu bieten hatte.

Er war einfach unglaublich, und ihn umschwärmten alle Mädels des riesigen (und berühmten) Clans. Alle? Nein, alle leider nicht. Chii Gung, die Tochter des Häuptlings - und Ziel aller Träume Yang Yins - blieb reserviert, ganz egal, welche Husarenstückchen er lieferte, welche Köstlichkeiten er heranschleppte.

Heute weilte er wieder im Domizil ihres Vaters, der ihn für seine letzten Taten ehren ließ. Sie lächelte ihm zu, so dass sein Herz vor Raserei beinahe zu flimmern schien und legte graziös den Kopf schief. Ihre roten Augen blitzten schelmisch aus dem weißen Gesicht.

"Wann wirst Du mich erhören?", wagte er einen erneuten Vorstoß. "Schaffe mir die himmlische Speise >Pe K'orin< herbei", lautete ihre Antwort, "die auf dem höchsten Gipfel des >Te Khe<, im gläsernen Hort, zu finden ist, so will ich dich erhören.

 Aber du musst bis zur Dämmerung zurück sein, denn dann wird mein Vater entscheiden, ob du meine Hand erhältst oder der edle Ping Pong."

"Ich eile, ich fliege, geliebte Chii Gung!" Sprach's, verbeugte sich tief und eilte hinfort.

Mit Feuereifer zog der tapfere Freier davon, dem >Paradies der Tausend Düfte< zu, in dessen Grenzen er auch >Te Khe< wusste. Lang und beschwerlich war seine Reise. Er durchquerte das unterirdische Reich und beschritt den >Pfad des Aufstieges<, der steil und scheinbar endlos war.

Die Gefahren und Beschwernisse, die er auf seiner Reise zu überwinden hatte, waren groß und zahlreich. Sie werden noch heute im Epos >Kes Ed'ibu< besungen, das der Dichter Ta Ichi zu Ehren Yang Yins verfasste.

Endlich stand er am Fuße des gewaltigen Massivs. Wie aber sollte er zum Gipfel gelangen, der sich in schwindelnder Höhe kaum ausmachen ließ? Ratlos hockte sich der Held in den kühlen Schatten eines Hügels und ließ den Blick schweifen. Hier schien seinen Bemühungen eine unüberwindbare Grenze gesetzt. Er versank in die Meditation, der er sich immer in ausweglosen Situationen widmete. Und tatsächlich, der Drache, sein Schicksalstier, sprach zu ihm: "Beschaue dir den Hügel, kleiner Yang Yin. Er ist der Schlüssel zum Erfolg deiner Mühen. Doch hüte dich vor dem Riesen >Ke Seman<! - Wenn er dich erwischt, wird es dir schlecht ergehen."

Als der verliebte Ritter seine Augen auftat, glaubte er, ihnen nicht trauen zu dürfen. Oberhalb des Hügels befand sich eine senkrechte Wand, die vollständig mit einer Art griffigen Mooses bewachsen war. Diese Entdeckung ließ ihm unermessliche Kraft zuströmen. Er kaute noch ein anständiges Stück der Kraftnahrung >Ma Asdam< und begann seine Klettertour.

Er hatte noch nicht die Hälfte der Strecke zum Gipfel hinter sich gebracht, als ein gewaltiges Beben einsetzte, das ihn beinahe in die Tiefe stürzen lassen hätte. Mit aller Macht krallte er sich in den Untergrund, ja, er verbiss sich in einen einzelnen Strang des Geflechtes.

"Hilf mir, oh Eto!", flehte er den mächtigen Drachen an - und wurde erhört. Das Beben ebbte ab und er konnte seinen Aufstieg fortsetzen.

Oben angelangt, bot sich ihm ein atemberaubender Anblick. Kostbarkeiten von unschätzbarem Wert lagen auf der weiten Ebene verteilt. Aber nicht nur das, die betörendsten Aromen drangen in seine Nüstern, begannen, ihn zu berauschen. Und am rechten Hang prangte, majestätisch und glänzend, der gläserne Hort. Mit verhaltenem Atem verharrte Yang Yin.

"Lauf, kleiner Held!", vernahm er wieder die Stimme seines Drachen. Und ungläubig sah er, wie sich der Hort öffnete.

Ohne einen Gedanken an die Gefahr zu verschwenden, raste er los, sprang über den Spalt, der zwischen der Wand und Gipfel klaffte, und eilte dem Ziel seiner Unternehmung zu. Schon begann die gigantische

Glocke, sich zu senken, als er mit einem verzweifelten Satz hineinsprang und einen beträchtlichen Brocken >Pe K'orin< schnappte.

Nur ein Quietschen entrang sich der Heldenbrust, als er sich unter der tödlichen Falle hindurchquetschte und mit einem letzten mächtigen Sprung am bemoosten Hang landete. Der Wind heulte in seinen Ohren, als er dem sicheren Boden entgegenglitt, so dass ihm Hören und Sehen vergehen wollten.

Noch ein kleines Stückchen den Hügel hinab, dann war es beinahe geschafft.

Doch was war das?

Mit ohrenbetäubendem Krachen kam eine gewaltige schwarze Scheibe angeflogen und verfehlte den Flüchtigen knapp.

Ein höllischer Schmerz durchzuckte Yang Yin. Mit einem scharfen Ruck wurde er gestoppt und ein ekelhaftes Knirschen begleitete das Bersten der Wirbel.

Wahnsinnig vor Angst riss der Mäuseheld an seinem malträtierten Schwanz, der unter dem Ding klemmte. Zwar kam er los, doch das hintere Drittel blieb zurück.

*****

"Da... da... da...", stammelte der dicke Käsehändler, als er die Maus über die Theke flitzen sah. Aber noch größer war der Schock, als diese stracks auf ihn zu raste, sprang, an seinem Hosenbein hinabglitt und dem Abfluss in der Ecke des gefliesten Ladens zu eilte.

Der Kanal stand offen, denn am Morgen hatte seine Frau einen Lappen entfernt, der sich im Gitter der Abdeckung verheddert hatte.

Diesen Deckel bekam der schwer atmende Mann nun zu fassen und schleuderte ihn dem Dieb nach. Dann sank er auf eine Kiste, die er sonst als Sitz für seine Teepause benutzte.

Seine Gattin, die - durch den Lärm angelockt - herbei-geeilt war, ging derweil und schaute, ob er den Kä-sedieb erwischt hatte.

Doch er fand nur eine kleine Schwanspitze.

Meister Martin

Martin Huber war schon als Kind durch seine große Geschicklichkeit aufgefallen. Aus ein paar Stöckchen und Steinen konnte er die wunderbarsten Wasserspiele zaubern und seine Flöten waren unter allen Kindern der Gegend begehrt. Die Eltern waren an der schrecklichen Pest gestorben, die Anno Domini 1348 so viele Seelen mit dem Vater vereint hatte. Vier Jahre war er damals alt gewesen.

Seitdem lebte er bei seinem Onkel Hannes, dem Schreinermeister von Höftha und Mann von Mutters ältester Schwester, Tante Rosa. Den beiden Alten war der Kindersegen versagt geblieben und so erfreuten sie sich ihres Ziehsohnes, der freundlich und anstellig ihre Tage erhellte.

Als Martin das Alter erreicht hatte, begann der Onkel, ihn im Handwerk zu unterweisen. Als einziger Erbe würde er einst die Werkstatt übernehmen - und schien wie geschaffen dafür. Kaum ein Tag verging, an dem der Lehrmeister nicht seine helle Freude an dem Knaben hatte, der all das Wissen und Können förmlich aufzusaugen schien.

Sein wacher Verstand ließ ihn ständig neue Ideen entwickeln, sodass die Kunde von der prompten Auftragserledigung und wunderbaren Feinheit der Waren weit ins Land drang. Als Martin 17 Jahre alt war, rief Onkel Hannes ihn zu sich und sprach: "Mein Junge, ich kann dich nichts mehr lehren. Alles, was ich kann, hast auch du erfahren und übertriffst mich immer öfter an Verstand und Meisterschaft. Geh nun hinaus und erwirb Ehre im Fache, auf dass du heimkehrst als würdiger Erbe."

Sieben Jahre lang zog der Schreinersgeselle durch die Lande. Alle Meister, bei denen er um Brot und Nachtlager arbeitete lobten und bewunderten seine Kunstfertigkeit, erfreuten sich an seiner unbeschwerten und hilfsbereiten Natur.

Nach der Walz kehrte Martin in sein Heimatdorf zurück. Der alte Hannes zog sich aufs Altenteil zurück und der aufrechte, kräftige junge Meister übernahm die Schreinerei. Nicht lange und die ersten Lehrbuben und Wandergesellen baten ihn um Unterweisung. Er nahm sie freundlich auf und ließ sie als erstes das Holz fühlen lernen. Der Ruhm der Höfthaer Schreinerei verbreitete sich im ganzen Herzogtum.

Eines Tages kam eine Kutsche angefahren und drei reich gekleidete Herren entstiegen dieser. Sie schritten durch die niedrige Tür des Hauses und verlangten, den jungen Meister Huber zu sprechen. Die Tante bewirtete sie mit allem, was in der Eile aufzutreiben war, während der Onkel zur Werkstatt eilte.

"Es ist uns bekannt geworden", begann der am prächtigsten herausgeputzte Herr, "dass ihr eine Zierde des Handwerks seid. Eure Kunst ist in aller Munde und selbst der Herzog hat sich bereits nach euch erkundigt. Deshalb bieten wir Euch die Zunftmeisterschaft an, obgleich eure Schreinerei sich nicht in der

Stadt befindet. Ihr werdet zur Messe am Neujahrstag mit allen Ehren in die Kreise der Schreinerszunft eingeführt werden."

Martin wusste sich vor Freude nicht zu lassen. Die Zunftmeister-Würde war der Traum eines jeden Gesellen.

Nun würde er sich auch wagen können, um die Hand der Müllerstochter Irene, aus dem benachbarten Bortingen, anzuhalten. Ein jüngerer Bruder des Mädchens hatte eben bei ihm seine Lehre begonnen.

Tatsächlich wurde er, als guter Katholik aufgewachsen, am Neujahrstag des Jahres 1370 als Meister der Schreinerszunft eingesegnet. Schon im März führte er sein liebreizendes Eheweib heim und begann mit dem Bau eines größeren Hauses.

Einziger Wermutstropfen des ganzen Glückes war das Verhalten von Jochem, dem kleinen Bruder seiner Gattin. Lustlos und faul drückte sich dieser, wo er nur konnte. So oft schon hatte Martin ihn schelten und manchmal auch mit Hieben strafen müssen. Bedrückt berichtete er seiner Frau und bei einem Besuch auch den Schwiegereltern von seinem Ärger.

Der Mueller verdrosch den schlimmen Lehrling jämmerlich, so dass er drei Tage lang lahmte. Am Morgen des vierten Tages aber war der verschwunden. Die Wochen zogen ins Land, das Richtfest wurde gefeiert, ein Ereignis, an dem das ganze Dorf teilhatte.

Selbst die Bettler und Landstreicher waren willkommene Gäste. Bis in die ersten Stunden des neuen Tages ertönten Fiedel und Brummbass.

Doch am nächsten Morgen hallten wuchtige Schläge an die Tür des Hauses. Ein Trupp Soldaten war eingetroffen und ein Herold verlangte lauthals, der Huber Martin habe herauszukommen. Solcherart aus dem Schlaf gerissen, trat dieser blinzelnd aus dem Hause und wurde sogleich ergriffen und in Ketten gelegt.

Noch ehe Frau Irene, die nun auch aus der Schlafkammer geeilt kam, begreifen konnte, was eigentlich geschah, hatte man ihren Gatten auf einen mitgeführten Wagen geworfen und die Kavalkade verschwand hinter dem Waldessaum.

Erst eine Woche später erfuhr man im Dorfe, was geschehen war. Der Mueller - Jochem hatte die Schmach nicht auf sich sitzen lassen. Durch Zufall hatte er den Eltern abgelauscht, wer seines Schwagers Eltern gewesen. Auf das eindringliche Bitten seiner Schwester hatte er jedoch damals versprochen, zu schweigen. Doch nun kannte sein Hass keine Grenzen. Mit List und Lüge hatte er sich beim Pastor Einblick ins Kirchenbuch erschlichen und Beweise gefunden, wer die leiblichen Eltern seines Meisters waren. Das hatte er beim Bischof angezeigt.

Was aber war Martins Verbrechen? War er nicht immer ein redlicher und gottesfürchtiger Mann gewesen?

Beim Prozess, am herzöglichen Hofe verlas der Richter die Klageschrift: "... ist der Jude Martin Huber angeklagt, sich durch Verschweigen seiner Herkunft und Geburt Aufnahme in die christliche Zunft der Schreiner erschlichen und fernerhin durch Heuchelei christlichen Glaubens den Namen des Herrn und seiner Kirche aufs Übelste geschändet zu haben."

Darauf gab es nur eine Strafe, die im Oktober des Jahres 1370 vollstreckt wurde. - Fünf Wochen vor der Geburt seines Sohnes.

Anka

Es war einmal ein Hundemädchen namens Anka. Es lebte in einem Ort, so klein, dass sich alle Hunde mit Namen kannten. Da gab es Hektor, den Zwergpudel des Tischlermeisters Sägeviel, Zwilli, die Windhundedame, Flusio, den Golden Retriever der alten Frau Stöcklich und eine Menge ebensolcher Promenadenmischungen, wie auch Anka eine war.

Der Oberknurr im Orte war der Doggenrüde Timofej Abrasinowitsch. Niemand konnte diesen Namen aussprechen, deshalb nannten ihn alle nur 'Rawuff'.

Majestätisch schritt er durch die Straßen, wenn Sascha, der Metzgerssohn, ihn Gassi führte. Sogar die Menschen hatten Respekt vor ihm.

Ankas Mutter war eine Schäferhündin gewesen, der Vater ein Mischling aus Rottweiler und … einem Mischling aus … Sie wusste es nicht.

Der Besitzer ihrer Mutter hatte sie und ihre sechs Geschwister an Leute verkauft, denen ein Kleinhund zu spillerig und ein großer Wachhund zu gefährlich war. Auf diese Weise war Anka zu Martin gekommen, einem 'richtigen Jungen', wie dessen Vater immer dann betonte, wenn wieder einmal eine Hose entzweigegangen war.

Anka gehörte schon seit beinahe einem Jahr zu Martins Familie. Sie wohnte in einer Hütte, die Martins Vater aus einem alten Schreibtisch gebaut hatte.

Das kam so:

Als man sie gekauft hatte, war sie noch ein Baby gewesen. Zwei Handvoll Hund, hatte Martins Mutter gesagt. Tapsig war sie losgezogen, um ihre neue Umwelt zu erkunden. Alles war so fremd, so völlig anders als der Verschlag, den sie bisher mit ihren Geschwistern bewohnt hatte.

Und dann war da dieses Ding gewesen. Wie eine Höhle, mit stabilen Seitenwänden. Es hatte fast genauso gut gerochen, wie das frische Holz, aus dem die Pfosten ihres alten Heims bestanden hatten.

Ob es auch so schmeckte?

Keiner aus der Familie hatte gemerkt, wie Anka begonnen hatte, die Schreibtischbeine anzuknabbern. Das war angenehm, denn das Holz war nicht zu hart und massierte das Zahnfleisch. Mit ein wenig Mühe hatte sie ein größeres Stück abgerissen und es gerade genüsslich bekaut, als der Vater ins Zimmer gekommen war.

Das Gebrüll, das er ausgestoßen hatte, hallte ihr noch jetzt manchmal schmerzhaft in den Ohren. Er hatte Anka am Schlafittchen geschnappt und aus dem Zimmer geschleppt.

Tja, und zwei Wochen später hatte sie die Hütte bezogen, gebaut aus dem benagten Schreibtisch von Martins Vater.

Heute war ein langweiliger Tag. Martin war, wie immer, mit dem Fahrrad zur Schule gefahren, der Vater arbeitete an seinem neuen Tisch mit dem grauen Brummkasten. Der jagte Anka ziemliche Angst ein, seit der Vater ihn einmal hatte bellen lassen. Damals war Anka wie eine Wilde davongerast, die Rute zwischen die Beine geklemmt. Im Zimmer hatte sich der Vater auf die Schenkel geklopft und schallend gelacht.

Anka erhob sich und unternahm einen Rundgang um das Haus. Sie schnappte nach einem Schmetterling und erwischte eine dicke schwarze Fliege. Die schmeckte scheußlich. Schnell spuckte sie sie wieder aus.

Als sie am Gartentor ankam, fand sie dieses weit offenstehend vor. Ob sie es wagen sollte? „Ach was!", flüsterte die Abenteuerlust, „Was soll schon passieren?"

Zuerst traute sich Anka nur bis auf die Straße, die am Haus vorbeiführte. Sie schnupperte ein wenig herum und weitete ihr Erkundungsgebiet unbemerkt immer weiter aus.

Urplötzlich stand sie am Dorfteich. Dort war sie erst ein einziges Mal gewesen. Und obendrein hatte sie Martin an der Leine geführt und sie immer wieder weggezogen, wenn sie dem Wasser zu nahekam. Heute war die Chance gekommen, sich das alles einmal genauer anzuschauen. Vorsichtig balancierte Anka den Teichdamm entlang.

Da! Im Wasser hatte sich etwas bewegt. Ein komisches Ding lag da im Wasser, beinahe wie einer der großen Rettiche, die Martins Mutter im Garten zog. Die durfte man nicht ausgraben! Und sie schmeckten eklig scharf. Dieser Rettich hier zuckte mit einem Mal ganz komisch. Anka erschrak und machte einen gewaltigen Satz.

* PLATSCH *

Sie landete mit einem Bauchklatscher im Teich. Das Wasser schlug über ihr zusammen, drang in Schnauze und Nase. Blasen blubberten ringsum. Dann tauchte sie wieder auf und paddelte mit aller Kraft dem gegenüberliegenden Ufer zu, wo sie aus dem Wasser kletterte. Sie nieste dreimal und schüttelte die Feuchtigkeit aus ihrem Fell.

Noch vorsichtiger als vorher schlich sie zum Teichdamm. Dort wartete immer noch der Rettich. Er glotzte sie aus zwei vorstehenden Augen an. Diesmal erschrak Anka nicht. Sie beugte sich hinab, bis ihre Nase auf die Wasseroberfläche stupste. Der Rettich zuckte noch einmal und war verschwunden.

Auch Anka setzte ihre Erkundungstour fort.

Auf dem Dorfplatz scharrten einige Hühner im Staub. Die durfte man auch nicht schnappen. Martins Vater haute einem die sonst um die Ohren, dass einem Hören und Sehen verging. Das wollte Anka nicht riskieren. Sie ließ die Vögel links liegen und wanderte ins Unterdorf hinein.

Als sie um eine Ecke bog, hörte sie plötzlich ein grollendes Knurren.

Das war kein Pudel...

Sie wandte sich um und sah sich Rawuff gegenüber. Bisher hatte sie den Rüden nur vom Garten aus gesehen. Nun, da sie ihm direkt begegnete, wirkte er noch viel riesiger.

„Rrrrr! Was hast du hier verloren? Verzieh dich, sonst bist du drrrran!"

Der Gigantische Hund kam unaufhaltsam näher. Er riss seinen Rachen auf, so weit, dass es Anka erschien, als schaue sie in einen feurigen Höllenschlund. „RRRRRAWUFF!", bellte er.

Anka machte kehrt und raste ohne einen einzigen Gedanken einfach drauflos. Sie rannte und rannte, immer das Grollen des Rüden im Ohr.

Inzwischen hatte sie den Rand des Waldes erreicht, der unweit des Dorfes finster und dicht aufragte. Unaufhaltsam jagte sie hinein, sprang über Wurzeln, wich Baumstubben aus, …

Plötzlich schien der Boden unter ihren Pfoten verschwunden zu sein. Sie überschlug sich und rollte einen steilen Felsenabhang hinab. Im Fallen prallte sie gegen Steinvorsprünge und streifte umgestürzte Stämme. Endlich blieb sie zerschunden liegen, kraftlos und außer Atem.

Es verging eine Weile, ehe Anka sich rührte. Sie versuchte sich aufzurichten, jaulte aber vor Schmerz auf und sank zurück. An ihrer Flanke klaffte ein tiefer

Riss, in den sich ein Tannenzweig gebohrt hatte. Blut tropfte zu Boden und versickerte.

Sie wand sich mit Mühe so weit herum, dass sie den Zweig zu fassen bekam und herausziehen konnte. Aber es blieben einige Tannennadeln zurück, die entsetzlich drückten und piekten.

Da war nichts zu machen. Anka blieb still liegen und ließ nur gelegentlich ein dünnes Winseln hören.

Wie lange sie so lag, wer weiß. Irgendwann ging die Sonne unter und der Wind frischte spürbar auf. Wie schön wäre es jetzt in ihrer Schreibtisch-Hütte!

Ein Rascheln ließ sie aus ihren Gedanken schrecken. Sie hob den Kopf und schaute sich um, so gut es eben ging. Keine zwei Meter entfernt wanderte ein Igel durch das Unterholz.

Igel kannte Anka gut. Die piekten im Maul und hatten meist Ungeziefer. Martin hatte sie nach ihrer letzten Begegnung mit einem Igel mehrere Tage lang mit Flohpulver traktiert. Und das war noch besser, als die Bisse der kleinen Quälgeister. Nein, Igel ließ man am besten in Ruhe.

Der Mond ging auf und im Wald begann das Nachtleben. Fledermäuse und Eulen schwebten wie Schatten durch die Luft. Ab und zu hörte man ein grausiges >Schuhuuu<.

Ankas Lider begannen schwer zu werden. Die Anstrengung und ihre Verletzung forderten ihren Tribut. Ehe sie es sich versah, begann die kleine Hündin zu träumen. Von Martin, Hektor und der eleganten Zilli.

Plötzlich schrak sie aus dem Schlaf. Irgendwer schnupperte an ihrem Ohr, schniefte und nieste. „Was machst du denn um diese Zeit allein im Wald?"

Anka kannte diese Stimme. Das war Tante Wally, die Dachshündin des Försters Schroth.

„Ich bin vor Rawuff geflohen", flüsterte sie, „und dann den Abhang hinabgestürzt. Nun kann ich nicht mehr aufstehen."

Tante Wally beschüffelte die Wunde.

„Warte hier!", sagte sie dann und rannte bellend davon. Beinahe hätte Anka lachen müssen.

'Warte hier...', wo hätte sie denn hingehen sollen?

Die Zeit dehnte sich. Schon erschien es Anka, als seien Stunden vergangen, als sie in der Ferne das heisere Bellen Wallys vernahm. Ein Lichtschein folgte ihr. Dann tauchte zwischen den Bäumen die Gestalt des Försters auf.

Als er Anka liegen sah, kam er schnell heran und kniete sich neben sie. „Na, meine Kleine, das sieht aber nicht gut aus." Tante Wally kam heran und schnaufte: „Jetzt wird alles gut. Nur keine Angst!"

Förster Schroth verband die Wunde notdürftig, dann hing er sich die Lampe an einem Gurt um und nahm Anka auf die Arme. Er trug sie zum Forsthaus, von wo er bei ihrer Familie anrief und Bescheid gab, dass sie am nächsten Tag vorbeikommen konnten, um ihren Hund abzuholen.

Tante Wally kuschelte sich neben Anka und redete leise auf sie ein. „Du musst vor Rawuff keine Angst haben. Der ist nur ein altes Großmaul. Als ich jünger war, hat er mich auch einmal angeblafft. Da habe ich ihn in die Nase gezwackt.

Seitdem verschwindet er schnell in seiner Hütte, wenn ich mit meinem Herrchen ins Dorf komme." Anka nickte. Im Forsthaus war es angenehm warm und sehr gemütlich. Langsam trat der Schmerz in den Hintergrund und nach kurzer Zeit schlief sie tief und traumlos.

Am nächsten Tage kam Martins Vater mit dem Auto angefahren bugsierte Anka vorsichtig auf den Rücksitz und brachte sie nach Hause.

Die Mutter hatte ihr in der Küche einen Korb vorbereitet und kochte leckeres Hühnerfleisch. Das gab es sonst nur an Feiertagen.

Auf diese Weise hatte das Abenteuer auch ein wenig sein Gutes.

Anka erholte sich schnell und lief bald wieder ihre Runden um das Haus der Familie. Nur ins Dorf wanderte sie nicht mehr.

Als am sie am Sonntagvormittag im Garten lag, kam Rawuff einherstolziert. Er ließ ein leises Grollen vernehmen. Anka aber lief ganz nahe an den Zaun und knurrte ihm zu:

„Viele Grüße von Tante Wally."

Rawuff klemmte den Schwanz zwischen die Beine und hatte es plötzlich sehr eilig, fort zu kommen. Anka lachte ihm nach.

Dubbelpönt

"Nein, das lass ich mir nicht gefallen", schimpfte er vor sich hin, während er durch das fahle Licht der Abendsonne stapfte.

Aber halt! Wer stapfte da eigentlich? - Vergeben Sie mir, verehrte Leseronen und Leserinnen, dass ich Sie so überfahren habe, hinein geschubst in eine Geschichte, die – nun ja – eigentlich gar keinen richtigen Anfang hat. Vielleicht könnte man mit dem traditionellen "Es war einmal..." beginnen, obwohl ich nicht beweisen kann, dass "es" überhaupt irgendwann war.

Lassen Sie uns einen Kompromiss schließen und einfach fortfahren. Möglicherweise erklärt sich ja alles wie von selbst...

Er, das war ein kleiner Diplodocus, der etwa acht Monate zuvor – gemeinsam mit 17 anderen – aus seinem Ei geschlüpft und allen bisherigen Gefahren (manchmal fast wundersam) entgangen war. Klein, das muss man an dieser Stelle vielleicht ein wenig relativieren, denn schon sein Ei war von der Größe eines mittleren Medizinballes gewesen und alle Schlüpflinge des Geleges hatten seit ihrem Erscheinen in der saftig-grünen Urzeitwelt hauptsächlich gefressen. Ganz klar, dass man bei solchem Zeitvertreib prächtig, vor allem aber mächtig wuchs und gedieh.

Dennoch, mit seinen inzwischen knapp 4 Metern konnte man ihn im Vergleich zu seinen ausgewachsenen Verwandten, die nicht selten vom Kopf bis zum Schwanz 30 Meter maßen und mehr als 100 Tonnen wogen, noch nicht einmal als Winzling bezeichnen. Er war ein Nichts und würde noch vierzig oder mehr Jahre lang grasen müssen, ehe er größenmäßig den Zwergen unter denen auch nur nahekäme.

Und damit hing auch sein Ärger zusammen.

Am Nachmittag war er gemeinsam mit den anderen durch den Schachtelhalm-Wald geschlendert, hatte Farnwedel gerupft und an den gefiederten Blättern zarter Staudengewächse genascht, als plötzlich in der Nähe ein keckerndes Lachen erklang.

„Hähöhäää, höhäää", hatte es geschallt. Und dann hatte ihn dieser Ramphornyncus umflattert, einer der Flugsaurier, die ihr Leben auf den gigantischen Leibern der Artgenossen unseres Saurierbullen verbrachten und diese von Parasiten befreiten. Diese Tiere waren nützlich, aber frech, das hatte der „Kleine" bereits erfahren.

Dieses Exemplar hier übertraf aber alles andere. Wie ein Insekt hatte er unseren Diplodocus umkreist und ständig vor sich hin gekrächzt:

„Haaach, was soll nur aus dir werden? Höhöö-hähähäää... Auf dir kann man ja noch nicht einmal landen. Wie soll ich da ein Nest bauen? Höhähäää ..."

Zuerst hatte der so geschmähte Saurier versucht, die Tiraden des Flattermannes zu ignorieren, aber der hatte nicht aufgegeben. Als keine Reaktion erfolgte, hatte er getan, als wolle er sich tatsächlich auf dem Rücken des dahin wandernden Jungtieres niederlassen, fände aber keinen ausreichenden Platz. Wieder und wieder hatte er „Anlauf" genommen, begleitet von immer wilderen Scherzen über die Zwergenhaftigkeit seines Zieles.

Das Schlimmste daran: unser Saurier war ja tatsächlich der Kleinste in der Jungtierherde – und das obwohl er mit viel größerem Eifer weidete und sich auch sonst sehr mühte, ein wenig aufzufallen. Er war und blieb unscheinbar.

Als der freche Ramphornyncus schließlich sogar noch einen klebrigen Kot-Klecks auf ihn fallen ließ, suchte er sein Heil in der Flucht. Natürlich nicht in einem wilden davon Stürmen, sondern eher in einem beleidigten Rückzug. Stur vor sich hin marschierend erreichte er die Lichtung, die seine Verwandten mit ihrer ununterbrochenen Nahrungsaufnahme geschaffen hatten. Dort gab es eine enge Felsspalte, in der er – rückwärts rutschend - verschwand.

Nun war die Sonne schon versunken und mit den Sternen kam die Kühle der Nacht. Der kleine Sauropode beglückwünschte sich zu seinem Entschluss, sich in den Spalt gezwängt zu haben, denn die braunen Felswände bildeten eine Art Dach, das ihn vor herabspringenden Raubtieren schützte. Auch gaben sie die tagsüber gespeicherte Sonnenhitze nun wieder ab und sorgten so für eine wohlige Wärme, die ihn schnell ein schlummern ließ.

Der angestaute Ärger ließ ihn unruhig schlafen und unangenehm träumen. Ständig schien es ihm, als schlüge ein Raubsaurier die Klauen und Hauer in seinen Rücken. Ein stechender Schmerz machte sich breit. Ein paar Mal rieb er – halb wach – seinen Körper am schartigen Felsen, doch die Träume kehrten zurück, kaum, dass er wieder ein nickte.

Als er erwachte, stand die Sonne hoch am Himmel, brannte erbarmungslos auf alles Leben herab. Schon waren die Erwachsenen aufgetaucht und setzten ihre unaufhaltsame Rodungsmahlzeit fort. Halb auf den Hinterbeinen aufgerichtet drückten sie mit ihren massigen Leibern die bis zu 60 Meter hohen Schachtelhalme nieder, bis diese entwurzelt umstürzten. Dann rissen sie die saftigen Laubwedel ab und wandten sich anschließend der nächsten Futterstelle zu. Ein Kauen gab es nicht, dafür waren die Gebisse nicht ausgelegt. Vielmehr nahmen diese Tiere ab und an Steine mit auf, die in den Mägen die Verdauung unterstützten.

Während der kleine Saurier sich behutsam aus seinem Versteck manövrierte, spürte er noch immer das Brennen auf dem Rücken, hielt es aber für eine Erinnerung an seine grässlichen Nachtgesichte. Sehr vorsichtig schlängelte er sich zwischen den unermüdlich äsenden Giganten hindurch und eilte dem schützenden und nahrhaften Dickicht des Waldes zu.

Gerade als er im bräunlich – grünen Halbdunkel untertauchen wollte, schrak er zusammen, denn über seinem Kopf erklang das bekannte Keckern des Flugsauriers: „Höhöhäääähäää, ein Dubbelpönt, mit zwei rosa Pönketen ..."

Voller Panik rannte er zurück, der Lichtung zu, entging mehrmals knapp den schlagenden Schwänzen der Großen und landete schließlich wieder bei der Felsspalte. Er versuchte, darin zu verschwinden, schlug sich aber in seiner Hast den Kopf am Steindach ein, was ihn schließlich wieder zur Besinnung brachte.

Nun erst erkannte er, dass das Felsengebilde zwei Öffnungen aufwies, durch welche die Sonne mit voller Kraft in die Grotte schien. Da wurde ihm auch klar, woher der Schmerz kam, den er noch immer verspürte. Sein Rücken hatte sich genau unter den Löchern befunden, so dass ihm das Taggestirn zwei rot verbrannte Kreise in die Haut sengen konnte.

Plötzlich überkam ihn das Verlangen, leise vor sich hin zu kichern. Nun war er doch zu etwas

Besonderem geworden. Und nicht nur für den Augenblick, denn die verbrannten Stellen nahmen später eine braune Farbe an, die sich bis an sein Lebensende hielt. Und ihretwegen erhielt er von den anderen den Namen, den der freche Ramphornyncus ihm zugekrächzt hatte: Dubbelpönt.

Zeitfracht Medien GmbH
Ferdinand-Jühlke-Straße 7
99095 Erfurt, Deutschland
produktsicherheit@kolibri360.de